人間失格

太宰治

李佳霖 譯

CONTENTS

推薦序——厭世哲學家 005
前言 013
第一手記 019
第二手記 039
第三手記 097
後記 179
雨之玉川情死（節選） 189
【附錄】太宰治　愛與死年表 266

推薦序

人生好累，快讀太宰治！

厭世哲學家

我是一位高中老師，每天站在講台上，面向群眾講課或表演，就是我的日常。雖不敢說自己上課有多精彩、多受歡迎，但我的風格就是說學逗唱，課堂上通常都是熱熱鬧鬧的，並不時傳出學生的笑聲。這樣的我，沒想到某一天竟會收到這樣的簡訊——

「怎麼說呢，雖然老師平常都表現出親切、幽默的樣子，但我還是有點怕您……不知道我的感受是否正確，我總覺得您在課堂上表現的樣子，似乎是裝出來的，我並不認識真實的您，這令我相當惶恐，不知道該如何跟您互動才好……。」

哎呀，竟然還是被看出來了。

從小到大，也許我一直都不知道該如何跟人群互動吧。自我懂事之後，經常扮演的是「觀察者」、「思考者」的角色，因為我實在不懂人與人之間互動的規則是什麼，人們為何而笑？為何而哭？為何而說謊？為何而討好我？為何而傷害我？……我的一生，似乎一直在尋找這一類問題的解答。

經過長時間的觀察與測試，也讀了一些探討社會與心理的書，我愈來愈了解人們的思維是什麼，對其一言一行背後的意義，我的詮釋也愈來愈精準。對於現在的我而言，表現出「跟大家都一樣」的樣子已非難事，我甚至知道要怎麼做才會吸引到關注、該怎麼打扮才會受歡迎。總之，現在的我應該相當「社會化」了才是。

然而，總是格格不入的那個「我」其實還是沒有消失。說穿了，我只是小心翼翼地操弄一個面具，一個偽裝，好讓自己在人際互動中不至於尷尬而已。每當我交際應酬的時候，「電量」總是耗得非常快，聚會結束後便累癱在沙發上。這種一言一行、一舉一動都要精心算計的人生，真的過得太累了。

太累了。

「我覺得自己異於周遭的人，心中盡是不安與恐懼。我幾乎無法和旁人溝通。我完全不曉得該如何與他們交談，又或者該談論些什麼。因此，我所得到的

結論是當個小丑。那是我對人類最後的求愛。」

——太宰治《人間失格》

這一本《人間失格》，不知道是讓多少人「開竅」的啟蒙書；我所謂的「開竅」，指的是在「探索自我、認識自我」這個部分，很多人都是在看到太宰治這樣赤裸裸、血淋淋的剖白之後，才發現這是一件多麼艱辛、痛苦、充滿羞恥與顫慄的事。

我常常覺得，每個人其實都是獨一無二的，只要你勇敢活出自己，你的人生必定精彩而無可取代；然而，問題就在很少有人具備「活出自己」的這種勇氣。大部分的人都是懦弱的膽小鬼，與其表達自己真實的想法而受到批評、或者做自己真正想做的事卻遭受他人怒目，那還不如什麼都不要說也不要做，只要表現出「跟大家都一樣」的模式即可。

所以，每個人其實都是戴著面具在過活，差別只在於，有些人根本已經忘記自己戴著面具，以為這張面具就是自己真實的樣子；而有些人很清楚自己一直戴著面具，所以拚命的偽裝、遮掩，一邊害怕露餡，一邊覺得人生好累。第一種人是渾渾噩噩的人，第二種人則是厭世的人。

《人間失格》的主角阿葉，就是一個厭世的膽小鬼。他一邊渴望能與人們互動，一邊卻又害怕受傷害，所以只能小心翼翼戴著小丑的面具，以天真樂觀的樣貌來掩飾內心的陰鬱，恐懼與人建立真正親密的連結。「膽小鬼就連面對幸福都會感到害怕，就連棉花都會讓我受傷。」故即使終於遇到能夠給他幸福的人，也會因為恐懼受傷，又將他人推得遠遠的，終至自我放逐，成為社會邊緣人，徹底崩壞。

據說太宰治完成這部作品後不久，又計劃了一次自殺，這次終於成功，於是《人間失格》成為他的遺作。我想，這部作品就是他留給世人最後的「愛」也說不定。這部小說，是一個厭世的人對自己內心世界最深刻的剖白，內容真實得令人膽戰心驚。將人類的恥辱與罪惡描寫得如此露骨、卻又不過度浮誇的作品，即使放在整個人類文學史上來看，都是少有的。

台灣社會中，厭世的人愈來愈多，也許這代表大家漸漸進入「意識覺醒」的過程了。雖然我們距離「活出真正的自己」還有很長的一段路要走，但至少我們已脫離「渾渾噩噩」的狀態；能夠意識到自己戴著面具，活在偽裝與恐懼之中，並坦然面對自己這樣「恥辱」的存在樣態，其實已經很不容易了呢。

我前面提到《人間失格》也許是太宰治「留給世人最後的愛」，意思是：他留給我們這樣一部嘔心瀝血、自我剖白的作品，實際上是在給我們一種深刻的啟發，讓我們也能覺察到自身這樣偽裝與恐懼的狀態，朝「認識自己」跨進了一大步。

雖然這部小說中的主角最終崩壞了，作者太宰治也選擇輕生離世，但閱讀這本書的我們，也許可以有不同的選擇。雖然我們都很「厭世」，但厭世的人本來就不需要都活成太宰治的樣子。我雖然也戴著面具，也常常覺得人生好累，但對我而言，這樣的厭世反而是一種能量，讓我能夠意識到自己的極限，在社交場合靈活地替換各色面具，而回到孤獨的狀態時，也能坦然自在。一旦認識、接納了自己，反而能悠然自得。

太宰治曾引用過一句名言：「生而為人，我很抱歉。」這意思是：像我這樣一個思維奇特的怪物，竟然妄想做一個正常人，給你們造成困擾了，真是抱歉啊！但我總想在後面加上一句：雖然感到很抱歉，但我要繼續做我自己，就請你們多包涵啦！

但願你，也能藉由厭世，找到屬於自己的生活樣態。

前言

我曾看過三張那個男人的照片。

一張應該可稱作是那男人的年幼時期，我推測是他十歲左右的照片。那個孩子被大批女性簇擁著（不難想像，那些人應該是他的姐妹以及堂表姐妹們），站在庭園的池畔，他身穿粗直條紋和服褲裙，頭向左微傾三十度，是張笑得很醜的照片。說有多醜？即使遲鈍的人（也就是對於美醜漠不關心的人）看到這張照片，還是可以漫不經心地說出「好可愛的小少爺呀」這種打馬虎眼的客套話，那孩子的笑容裡並非沒有一絲世俗眼光中所說的「可愛」，不至於連毫無誠意的恭維聽起來都顯得勉強。然而，對於美醜稍有概念的人只要看一眼這張照片，或許就會頗為不快地喃喃自語「這孩子看起來真不討喜」，然後像是想撣開毛毛蟲一樣，將這張照片給丟開也說不定。

那孩子的笑容，愈看愈是讓人感受到一種說不上來的不舒服。那根本稱不上是笑容。因為那個孩子根本就沒在笑。最好的證據就是，他站著的時候是緊握著雙拳。人類是無法在緊握雙拳的同時還笑得出來的。他是一隻猴子。那是一隻猴子的笑容。他不過是在臉上擠出很醜的皺紋而已。這是一張讓人看了忍不住會想說是「皺臉小鬼頭」的照片，他的奇異表情沒來由地讓人不舒服，心底會不禁撩起一股怒氣。在此之前，我未曾看過有著這麼不可思議表情的孩子。

不過第二張照片的臉卻有著讓人驚異不已的變化。照片中的他一副學生樣，不清楚那是高中還是大學時期的照片，總之是一位俊俏得驚人的學生。但不可思議的是，這張照片讓人感覺不出影中人是個活生生的人。他身穿學校制服、胸前口袋隱約看得到白色手帕，坐在藤椅上翹著腿，而且仍是帶著一臉笑容。這次並不是皺臉小鬼頭的猴子笑臉，而是一種相當熟練的微笑。可是那笑容跟一般人有著些許不同。該說是血色，還是生命力呢，這個人身上感受不到任何那樣的實在感，說像鳥也不是，而是像羽毛一樣輕飄飄的，如同白紙一張，他的笑容就是這種感覺。總之，看起來徹頭徹尾像是個假人。裝模作樣不足以形容他，流里流氣不足以形容他；說他擅於打扮，那更是遠遠不夠。而且，只要仔細端詳，就會發現這位俊俏的學生身上，也能感受到一股難以解釋、靈異般的詭異氣息。在此之前，我未曾看過有著這麼不可思議俊俏外貌的青年。

接下來的照片更是奇妙，影中人的歲數簡直讓人摸不著頭緒。他看起來有些許白髮，置身於一間相當髒亂的房間（從照片上，可清楚看見房間牆上有三處剝落）的一隅，將兩手覆於一個小火盆上。這回他的臉上不見笑容，更沒有任何表情。可以這麼說，這是一張不吉利且散發出不祥氣息的照片，他坐著將兩手覆於火盆上，看起來彷彿要就此辭世一般。不過真正奇怪之處不僅於此。因 照片中的人臉照得特別大，讓我得以仔細端詳那張臉。他的額頭生得平凡，額頭上的皺紋看起來也同樣平凡，眉毛平凡，鼻子和嘴巴和下巴也同樣平凡。唉，這張臉別說是面無表情了，根本無法讓人留下任何印象。這個人沒有任何特徵可言。若是在看了這張照片後閉上眼，在闔上眼的當下就已經忘掉了那張臉。房間的牆壁或是小火盆還能浮現於腦海，但對房間中主角長相的印象卻即刻煙消雲散，無論怎麼努力都回想不起來。那是一張無法畫出來的臉，是一張用漫畫也畫不出任何東西的臉。就連在張開眼後驚呼「啊，原來他是長這樣」、這種好不容易回想起來的喜悅也絲毫感受不到。說得誇張一點，就算我睜開眼後再度看到那張照片，依舊還是想不起他的樣貌。此外，那張照片只讓人感到不舒服、煩躁，讓人不自覺想別開眼。

就連所謂「將死之相」，也至少會有些微表情或足以讓人留下印象之處，但這張照片就像是將馬頭接到人身上一樣，儘管難以言述，但總之是會讓觀者毛骨悚然、心生不快的一張照片。在此之前，我未曾看過這麼不可思議的男人的臉。

第一手記

我這一生充滿了恥辱。

對我來說，一般人生活的概念難以理解。我生於東北鄉下，第一次看到火車，已經是懂事後的事。當時我在火車站的天橋走上走下，絲毫沒有察覺天橋是為了橫跨軌道而建，一心覺得這種設備，是為了讓車站的構造變得像國外的運動場般複雜，只是為了讓車站顯得更有格調而設。而且有很長一段時間，我都如此深信不疑。沿著天橋上上下下，對我而言更像是種時髦的遊戲，這也是當時鐵路所提供的服務中最令我滿意的一項。後來，當我發現這完全只是一個用來讓旅客橫越軌道的實用階梯後，便頓失興致。

此外，在我還年幼時，曾在繪本上看過地下鐵。我也一直以為建造這樣的東西並非基於實際用途，而是因為比起搭乘行駛於地面的車子，搭乘地底的交通工具更來得稀奇好玩。

我自幼多病，經常臥病在床，躺在床上時總覺得墊被、枕頭套、被套這些東西不外乎是無聊的裝飾品。而在我年屆二十之際，發現這些東西都是超出我料想的生活實用品時，不免對人類的勤儉樸實感到黯然且悲哀。

此外，我有好一段時間無法理解何謂肚子餓。這番話並非要炫耀我出身於不愁吃穿的好人家，也不是我愚蠢到不懂這個意思，而是說我絲毫無法理解「肚子餓」是怎麼樣的感覺。這麼說或許聽起來很怪，但即使肚子空空如也，我也毫無半點饑餓感。在小學和中學時，每當我從學校回到家中，身邊的人總會問我「你肚子餓了吧」？他們總會你一言、我一語地說，記得從學校剛回到家都是肚子最餓的時候呢，要不要吃點甘納豆？還有蜂蜜蛋糕跟麵包喔。於是我便會發揮自己奉承的天份，嘴上喊著好餓好餓，然後將十顆左右的甘納豆塞進嘴裡，但其實一點也無法理解何謂肚子餓的感覺。

當然我也能吃得很多，不過在印象中，未曾有哪次是出於肚子餓而進食。我吃過珍貴的佳餚，也吃過奢華的美食；面對出外作客時別人招待的食物，我也會勉強自己儘可能吃下肚。然而，對於年幼的我而言，最痛苦的時刻莫過於自家的吃飯時間。

在鄉下家中用餐時，全家十來個人面對面而坐，飯菜擺放成兩列，身為家中最小孩子的我，無庸置疑是坐在最下位。吃飯的房間相當昏暗，吃午飯時全家十來個人默不作聲進食的場面總讓我不寒而慄。又加上我們是重視傳統的鄉下人家，菜色大致沒有變化，無法奢求能吃到什麼珍貴或奢侈的料理，到最後我甚至開始對吃飯時間感到害怕。我就坐在那昏暗房間的最邊角，因寒冷而不住地打顫，一邊將飯菜小口小口地塞進嘴裡嚥下，一邊暗想：人為什麼一天得吃三餐呢？每個人都以嚴肅的表情進食，看起來彷彿是某種儀式，這也讓我想過：全家人每天有三次要在固定時間聚集於昏暗的房間裡，按照正確的順序擺好飯菜，即使沒有食慾也照樣不發一語地低頭咀嚼，為的可能是要弔祭這個家中蠢蠢欲動的亡靈。

「人不吃飯就會死」，這句話在我耳裡聽來不過是一種惹人厭的恐嚇。但這樣的迷信（到了現在，我依舊覺得這是一種迷信）總是帶給我不安與恐懼。人不吃飯的話就會死，所以為了有飯吃，非得工作才行。對我而言，沒有任何一句話比這句話更讓我感到晦澀難解，同時具有威脅性。

換言之，直到現在我依舊無法領略何謂一般人的生活。我所描繪的幸福與世上所有人心目中的幸福大相逕庭，這點使我感到不安；這樣的不安有時讓我每夜輾轉難眠、不住呻吟，甚至瀕臨發狂。我是幸福的嗎？其實我從小就經常被說是個幸福的人，但我總覺得自己身處地獄，反倒是那些說我幸福的人，在我眼中看來活得還遠比我輕鬆許多。

有時我甚至覺得自己身上背負了十個厄運，哪怕是只把其中之一交給旁人來背負，也足以要了他們的命。

換言之，我無法理解。我完全無法想像旁人為何痛苦，或是活得有多痛苦。實質上的痛苦、只要將飯嚥下肚就能解決的痛苦，對我而言，卻是真正無可比擬的痛苦，足以將我方才所提到的十個厄運徹底比下去。雖然不曉得這能否稱得上是淒慘的阿鼻地獄，但一般人竟能不為此自殺、發狂，還能若無其事地談論政治話題，也不為此絕望或是屈服，就這樣日復一日地與生活戰鬥，難道他們不覺得痛苦嗎？一般人將自己活成徹底的自我中心主義者，並對此感到理所當然，難道他們從未曾感到自我懷疑？能這樣過活，是很輕鬆；但真的所有人都是如此，並因此就能感到滿足嗎？我不曉得……他們晚上是否能酣然入眠，然後神清氣爽地迎接早晨？他們睡著時都做著怎麼樣的夢，行走於路上時又都思考著怎麼樣的事？錢嗎？應該不只如此吧。我曾聽說人活著都是為了掙一口飯吃，卻未曾聽說人活著是為了掙錢的，不，但也有可能……不對，我也說不上來……我愈想就愈糊塗，我覺得自己異於周遭的人，心中盡是不安與恐懼。我幾乎無法和旁人溝通。我完全不曉得該如何與他們交談，又或者該談論些什麼。

因此，我所得到的結論是當個小丑。

那是我對人類最後的求愛。儘管我極端地畏懼人，但似乎終究無法和一般人徹底切斷關係。於是我藉由扮演小丑，與一般人得以維持一絲聯繫。儘管表面上我總是笑臉迎人，但在內心，那其實是我費盡吃奶力氣、在千鈞一髮之際膽顫心驚地使出的把戲。

即使是家人，我也無法想透他們到底有多痛苦，抑或是懷抱著怎麼樣的念頭過活，我只是單純感到恐懼，無法忍受尷尬，因而從小就學會完美扮演一個小丑。換句話說，我在不知不覺間，成了一個開口說不出半句真話的小孩。

當時跟家人一起拍的照片中，相較於其他人一臉正經的樣子，總只有我會皺起一個奇異的笑臉，那也是我幼稚悲哀的小丑把戲之一。

此外，不管父母怎麼責備，我也不曾回過嘴。那些微小的抱怨，對我來說彷彿晴天霹靂，只讓我感到快要發狂，更別說是回嘴了。我還覺得那些微詞正是人類所謂永恆的「真理」，因為我無力去實踐那些真理，便先入為主地認定自己本就無法與他人共處。因此我既無法與別人爭論，也無法為自己辯解。一旦聽到有人說自己不好，只覺得對方所言甚是，總是默默承受攻擊，然後內心感到一股好似要發狂般的恐懼。

不管是誰，受到非難或斥責應該都不會有什麼好心情可言；但對我來說，從人類發怒的表情中，可以看見比獅子、鱷魚或龍都要來得可畏的動物本性。人類平時似乎會將這樣的本性給隱藏起來，但一旦逮到機會，就會像是原本在草原上安份休息的牛，出其不意地甩一下尾巴將肚皮上的牛虻擊斃般，藉由憤怒不經意地暴露出那可畏的本性。見到此狀，總讓我有種寒毛直豎的戰慄感，一想到那樣的本性或許是人類得以生存下去的條件之一，我便對自己感到幾乎絕望。

對於人類，我總是感到戰慄恐懼；對於自己身為一個人類的言行，我也絲毫沒有自信。我獨自將這樣的懊惱深鎖心中，一味隱藏憂鬱和緊張不安，以天真無邪的樂天姿態武裝自己，就此逐漸成為一個滑稽的怪人。

不管是什麼把戲都好，反正就是讓他們發笑就好，這麼一來，即使我身處於一般人的「生活」之外，他們或許也不會放在心上。總之，我不能讓自己在他人眼中顯得礙眼，我就是無、就是風、就是天空，這樣的想法不斷在我的內心成形，我透過滑稽的言行讓家人發笑，就連面對比起家人更難以理喻的男幫傭跟女幫傭，我也是奮力地耍滑稽的把戲。

夏天時，我將紅毛衣穿在浴衣下漫步於走廊上，讓家中的人笑得樂不可支。就連平時鮮少有笑臉的大哥看了也不禁失笑。

「阿葉啊，你那樣穿很不搭。」

大哥用一副覺得我很可愛的口吻這麼說道。當然，連我自己也曉得盛夏之際穿著毛衣走來走去很不對勁，我可沒怪到連冷熱都分不清。我是將姐姐的綁腿褲套在手上，讓綁腿褲從浴衣的袖口露出來，讓人看起來以為我是穿著毛衣。

我的父親經常得上東京辦事，所以在上野的櫻木町有一棟別墅，一個月裡有大半時間他都是在東京的別墅度過。每次他回家時，總會為家人或親戚帶上為數可觀的伴手禮，怎麼說呢，這可以算是他的興趣吧。有一次，他在上東京的前一晚，將家中小孩全部聚集到客廳，笑著問每個孩子，這次他回家時想要怎麼樣的伴手禮，然後將孩子們的回答一一記錄在記事本上。父親對孩子們表現得如此親暱，可說是很少見的事。

「葉藏你呢？」

父親這麼問道，但我卻不發一語。

被人問到想要什麼東西的當下，我就變得什麼都不想要了。我心中想著無所謂，反正也沒有什麼東西能帶給我樂趣。但同時，收到別人送的東西時，即使再怎麼不合我意，我也不曾拒絕。我無法明確表態自己討厭什麼，而在面對喜歡的東西時則是戰戰兢兢，像是要掩人耳目一般，無法盡情享受，為一種無法言述的恐懼所苦。換言之，我就連二選一的能力都沒有。這樣的習性，可想見是造就日後我所謂「一生充滿恥辱」的要因之一。

因為我不發一語又扭扭捏捏的，父親的表情轉為不悅，

「你還是想要書嗎？淺草寺的商店街有賣剛好可以給小孩子套在頭上玩、過年舞獅用的獅子頭套，你不想要嗎？」

讓人說出「你不想要嗎」的瞬間就一切都沒救了。沒有任何回答可以惹人發

噱。滑稽的丑角徹底落選了。

「還是書比較好吧。」

大哥一臉嚴肅地這麼說。

「這樣啊。」

父親一副掃興的樣子，在記事本上什麼也沒寫，啪地一聲將本子給闔上。

竟然犯下這樣的失誤，我惹父親生氣了，父親肯定會展開駭人的報復，我心想著有沒有什麼方法可以補救。當天晚上，我在被窩裡邊打顫邊這麼想，於是悄悄起了身走向客廳，將父親早先收進記事本的抽屜打開，取出記事本，翻到記錄伴手禮的頁面。我舔了一下記事本的鉛筆，寫下「舞獅」後才回去睡覺。我根本一點都不想要什麼舞獅的獅子頭套，還是書比較好。但我察覺到父親想買那個獅子頭套給我，於是便迎合父親的意願，只為了要討回他的歡心，才不惜冒險在深夜潛入客廳。

我所使出的非常手段，果不其然大為成功。父親從東京回來時，我在兒童房裡聽見他大聲地對母親這麼說：「我在淺草寺商店街的玩具店翻開記事本一看，發現這裡寫著『舞獅』。這不是我的字，我正覺得納悶，才想到這是葉藏的惡作劇。在我問話時那孩子光是傻笑，一句話也不說，但根本就想要舞獅想要得不得了。他呀，真是個性古怪的孩子。一副若無其事的樣子，最後還是老老實實寫了下來。這麼想要的話明說不就好了。我在店裡都忍不住笑了出來。快去把葉藏給叫過來。」

另一方面，我曾把家中的男女幫傭全聚集到西式房裡，讓其中一個男幫傭胡亂彈著鋼琴（雖然是鄉下人家，但家裡該有的基本上都不缺），自己就隨著那毫無章法的曲調跳印第安舞給他們看，博得滿堂笑聲。二哥用相機拍下我跳印第安舞的樣子，照片洗出來後，又發現我的小弟弟從裹腰布（有印花的包袱布）的接口處露了出來，這再次讓全家人笑得樂不可支。對我來說，這可是比我預料的還要成功。

我每個月都訂了十本以上新出刊的少年雜誌，此外，還從東京郵購了各類書籍瞞著家人讀，所以像「古怪博士」或「怪木博士」我大致都很熟悉；此外，我也相當精通怪談、講談[1]，或是江戶笑話，用正經八百的表情，講一些輕浮的笑話博取家人歡笑，對我來說是家常便飯。

然而，唉，學校！

我在學校是受到旁人敬重的。「敬重」又是另一個讓我恐懼不已的概念。如果在瞞天過海的情況下，被一個全知全能的人看穿一切，就會徹底敗在他手下，丟臉丟到家。這是我自己對「受人敬重」這個狀態所下的定義。就算欺瞞眾人獲得「敬重」，只要有一個人看穿這一切，其他人肯定會從那人身上得知一切；要是這些人察覺到自己被騙，屆時他們不曉得會有多憤怒，又會施展怎麼樣的報復，光是想像就足以讓我全身寒毛直豎。

比起我出身有錢人家，我符合俗稱的「厲害」這件事，讓我在學校裡獲得了敬重。因為我從小體弱多病，經常一兩個月，甚至是一整個學年都請病假躺在家；但在我病情初癒、搭著人力車去學校參加期末考後，似乎就成了全班最「厲害」的人。身體狀況比較好的時候我也完全不念書，去了學校也總是在上課時間畫漫畫，下課時間就向班上同學講解漫畫內容，逗他們發笑。此外，我在作文裡頭也老是寫一些搞笑的梗，就算被老師警告也依舊我行我素。那是因為我曉得老師其實暗地裡也對我那些搞笑梗十分期待。某天，我寫了篇用浮誇的哀傷口吻敘述自己跟母親一同前往東京時，在火車上不小心小便在車廂走道上痰盂裡的失敗經驗談（其實前往東京當時，我並非不曉得那是痰盂。只是為了裝出小孩子天真無邪的樣子，才故意尿在裡頭）。我有自信交出這篇作文後，老師看了肯定會笑出來，於是便悄悄尾隨正要返回教職員辦公室的老師。只見老師將我的作文從班上其他人的作文中抽出來，在走廊上邊走邊讀，還一面竊笑，進到辦公室時可能是正好讀完，他漲紅著臉大笑出聲，還馬上叫其他老師也來看。目睹這一切的我大為滿足。

① 日本古來以一般大眾為對象的表演娛樂之一，表演者名為講談師，多半以史話或是風俗傳承等內容為主題，以帶有抑揚頓挫的聲調講述，以娛樂聽眾。

古靈精怪。

我順利地讓身邊的人覺得我相當古靈精怪。也成功地擺脫受人敬重的地位。我成績單上所有的學科都是滿分，唯獨操行成績是七十分或六十分，這一點又成為讓家人發噱的話題。

但我的本性跟古靈精怪是恰恰相反的。當時，我已經被女傭跟男幫傭侵犯，從他們身上學到可悲的事情。現在回想，對於一個年幼的孩子做出那樣的事，是身為一個人所能犯下最醜陋、低級且殘酷的罪行。然而，當時我並沒有宣揚出去。那時我甚至有一種想要藉此觀察人類特質的心情，對此只是無力地一笑置之。如果當時的自己能養成說真話的習慣，或許就不會恥於向父母親揭露他們所犯下的罪行。然而，我還是無法全然理解自己的父親和母親。我對於向他人控訴這項手段不抱一絲期待。我想不管是向父親控訴、向母親控訴、向警察控訴，或是向政府控訴，這個社會終究還是由深諳處世之道的人操弄罷了。

我深知這個社會是不公平的。向周遭的人告發，不過是徒勞之舉。除了默不作聲隱瞞真相，並且持續扮演小丑之外，我想不到其他更好的方法。

「什麼嘛，你現在是在抱怨自己無法信賴他人嗎？」「不會吧，你這傢伙什麼時候開始改當基督徒了？」或許有人會如此嘲笑我，但我不認為無法相信他人這件事最終會與宗教殊途同歸。包括嘲笑我的人在內，所有人不都身處於對他人的不信任中，也絲毫不把耶和華看在眼裡，然後照樣若無其事地過活嗎？在我小時候，父親隸屬政黨的知名人士曾到我們鎮上演說，當時我跟著家中的男幫傭一起去戲院聽講。戲院裡座無虛席，在鎮上跟父親有深交的人士全員出席，在會場內熱烈鼓掌。演說結束後，聽眾們三三兩兩地踏上積雪的夜路返家，痛批方才的演講無聊至極。其中我還聽見了父親熟人的聲音。父親的開幕致詞很糟糕，那位知名人士的演說內容也讓人聽得一頭霧水，父親口中所謂的「同志們」用滿是怒氣的語調如此批判。然後這幾個人在路上順道造訪我家，一進客廳就用一臉真誠的表情向父親道賀「今晚的演說真是非常成功」。就連男幫傭們被母親問到今晚的演說如何時，也是含糊其詞地用「非常有趣」帶過。然而在回家路上，他們嘴上說的明明是「這世上最無聊的莫過於演說了」。

然而，這樣的例子不過是冰山一角。人類彼此爾虞我詐，而且不可思議的是，並不會有人因而受傷，他們甚至活得一副不曉得彼此在爾虞我詐的樣子，我感覺這種既寫實又赤裸的不信任充斥於一般人的生活中。不過，我並沒有興趣去深思爾虞我詐這種事，因為我自身也是一個從早到晚騙人的小丑。我對於出現在生活與倫理教科書中、名為正義的道德毫無興趣。在爾虞我詐的情況下還能理直氣壯地生活，或是因而獲得存活下去的自信的人，對我來說是超出理解的存在。但是沒有任何人將這樣的真理教導給我。要是我早一點認知到這一點，或許就不會如此畏懼他人，還如此賣命地要小丑把戲了，也不會落得與一般人的生活反其道而行，日夜品嘗地獄般的痛苦滋味吧。換言之，我之所以無法告發那群男女幫傭可憎的罪行，並非出於我對他人的不信任，當然也和基督教的教義無關，而是身邊的人不願對「葉藏」這個人打破不信任的保護殼。就連自己的父母，有時也會顯露讓我難以理解的一面。

而我這種不向任何人傾訴、自我孤獨的特質，被許多女性透過本能察覺，我想這是我日後受到各種牽連的主要原因之一。

換言之，對女性而言，我是一個可以守住感情祕密的男人。

第二手記

在近到可說海浪拍打得到的岸邊，林立了二十株以上樹皮黝黑的壯碩山櫻花樹，新學年展開之際，山櫻花絢爛的花朵以藍色的大海為背景，在褐色嫩葉的襯托下盛開。當時序來到花吹雪之際，為數可觀的花瓣散落至海中，綴滿海面漂蕩，然後又乘著浪被打回岸邊。儘管我沒有認真準備入學考試，但還是順利進入了這所將這片櫻花沙灘做為校地使用、位於東北的中學。不管是學校制服帽上的校徽，還是制服的鈕扣上，都綻開著櫻花的圖案。

家中遠親就住在這所中學附近，父親也是出於這項理由，才為我選擇了這間有著海岸與櫻花的中學。我寄住在遠親家中，因為離學校很近，我總是在聽到朝會鐘聲響起後才跑著去學校。儘管我是如此怠惰的中學生，但我那慣例的小丑把戲同樣日漸為我在班上博得人氣。

那是我有生之年首度來到異鄉，但對我而言，這塊異地比起家鄉要來得更讓我感到輕鬆。或許也是因為當時我的小丑把戲已達爐火純青的境界，想要唬住人不再像以前那樣讓我感到吃力；但更重要的是，我想不管是對於演技出神入化的天才，或是神之子耶穌而言，在家人與陌生人、故鄉與異鄉間施展演技，都有著極為根本的難易之別。對於一個演員來說，最難施展演技的地方就是故鄉的戲院，在六親眷屬齊聚一堂的狀態下，再怎麼厲害的名演員也演不下去吧。但我就這麼演了過來，而且還獲得了相當的成功。既然我這麼異於常人，到了異鄉怎有可能把戲給演壞呢。

相較於過往，我對於人的畏懼有增無減，恐懼總是劇烈地在我內心深處蠕動；不過，我的演技則日益精進，在教室裡頭總能博得同學們的歡笑，就連老師都一面感嘆「這個班上要是沒有大庭這號人物，肯定會清閒不少」，一面用手摀著嘴笑了出來。連那個說話如雷貫耳、粗聲粗氣的配屬教官[2]，我也能不費吹灰之力讓他噗哧一聲笑出來。

就在我以為自己已經完全藏住真面目、神經鬆懈之際，卻意外地被人從背後給捅了一刀。從背後捅我一刀的那號人物是個再平凡不過的男子，他在班上看起來最為羸弱，面孔浮腫、臉色發青，總是穿著應該是他父親或哥哥的舊衣服——

袖長過長、看起來彷彿聖德太子[3]衣裝的長袖上衣。他的成績很差，軍訓課或體育課時只有站在一旁看的份，是個像白癡似的學生。我從來沒想到需要提防這樣的人物。

那天，體育課時，那個學生（我不記得他姓什麼，只記得名叫竹一），那個竹一和往常一樣站在旁邊看，我們其他人則是被迫練習單槓。我刻意擺出一副嚴肅的表情瞄準單槓，「嘿！」地大喊一聲後跳了起來，然後就像要跳遠般往前跳了出去，一屁股跌坐在沙地上。一切的失敗都如同我計劃好的。所有人哄堂大笑，我也苦笑著站起身來，就在我將沾到褲子上的砂給撢掉時，竹一不知何時來到了我身後，拍了拍我的背，低聲在我耳邊這麼說。

「你是故意的啊。故意的。」

我當下震驚不已。我壓根沒想過，竟然偏偏是這個竹一識破我佯裝失敗的把

② 日本自一九二五年為實施軍訓教育，將現役陸軍將校分配至當時各中等學校以上學校。

③ 日本飛鳥時代男性皇族，推古天皇在位期間的的政治改革推行者，篤信佛教而興建法隆寺。

戲。當時我只感受到這個世界瞬間被地獄業火包圍，彷彿有熊熊的火舌在我眼前燃燒，我用盡全力抑制想要叫喊出聲、幾乎就要發狂的情緒。

在那之後的每日，我都在不安與恐懼中度過。

表面上，我一如往常扮演著可悲的小丑角色，逗周遭的人發笑，但一想起這件事就深感抑鬱，不經意地發出嘆息。我只要想到，不管自己做什麼都會被竹一徹底識破，而且要不了多久，他肯定會將此大肆宣揚，額頭就不住地直冒汗。我開始像個精神有問題的人，總是不得安寧地四處張望。可以的話，我甚至希望無論早中晚，一整天都能跟在竹一身邊監視他，讓他沒有機會將祕密洩漏出去。然後，在自己如影隨形跟著他的期間，我還必須努力說服他我的小丑把戲不是一種「故意」，而是真實的表現；順利的話，我甚至想成為他獨一無二的摯友。如果上述事情都無法達成，我甚至覺得，除了置他於死地外別無他法。然而，我終究無法萌生動手殺了他的念頭。人生至此，我曾數度盼望自己能夠命喪他人手中，但卻不曾想過要動手殺人。因為我覺得這麼做，不過是為可畏的對手帶來幸福而已。

我為了要拉攏竹一，首先在臉上掛上偽基督徒的「和善」諂笑，將頭偏向左方三十度，輕輕攏住他小小的肩膀，時不時用甜膩膩的肉麻聲音，邀請他到自己寄居的親戚家中玩；但他總是雙眼呆滯，默不應聲。某天下課後，我記得是初夏之際，午後雷陣雨下得又急又猛，其他同學因為回不了家正發愁，我則是因為家住得近，正打算若無其事地衝出學校時，偶然發現竹一無精打采地站在鞋櫃邊的暗處，我便上前對他說，走吧，我借你傘，接著就拉起畏怯的竹一的手，跟他一同奔跑於雷陣雨中。回到家後，我拜託伯母將我們兩人的上衣晾乾，成功地將竹一帶到自己位於二樓的房間。

親戚家裡總共住有三個人，分別是五十來歲的伯母、一位三十歲左右、戴著眼鏡、身體似乎不太好的高個子姐姐（這個姊姊曾經結過一次婚，結果又離了婚回來，我就跟著這個家裡的人一起稱呼她阿姐），還有一個跟姐姐長得一點都不像，一位小個子的圓臉妹妹，聽說她最近才從女子學校畢業，名字叫做阿節。一樓的店面擺著一些文具用品跟運動用品，但家中主要的收入來源是已過世的伯父所遺留下的五、六間長屋[4]的房租。

竹一站著這麼說。

「耳朵好痛。」

「是被雨淋濕了所以才覺得痛吧。」

我仔細一瞧，他兩邊耳朵都有嚴重的耳漏[5]，感覺膿隨時就要流到耳朵外面。

「這可不得了，很痛吧。」

我煞有介事地裝出一副吃驚的表情。

「下那麼大的雨我還把你拉到外面，真是抱歉。」

我用一副女孩子的口吻，「和善」地向他道歉，接著下到一樓拿棉花跟酒精，讓竹一躺在自己的膝蓋上，細心地幫他清潔耳朵。竹一果不其然沒有察覺到這是我偽善的詭計。

「肯定有不少女孩子會煞到你。」

竹一躺在我的膝蓋上，說了這樣一句無知的場面話。

然而，日後我才曉得，當時或許就連竹一本人都沒有意識到，這句話在日後竟成為了一句恐怖的惡魔預言。說什麼煞到，或是被煞到，這樣的說法聽起來既低俗又不正經，還給人一種洋洋自得的感覺。不管是怎麼樣「嚴肅」的場合，只要說了這句話，憂鬱的殿堂轉瞬間就會崩毀，轉變為令人發噱的場面。如果不用「被人煞到也很苦」這種說法，而是文謅謅地改說「被愛的不安」，憂鬱的殿堂或許就不見得會崩毀，這點讓人感到相當不可思議。

對竹一因為我幫他清乾淨耳漏的膿，而說出的「女孩子會煞到你」這種愚蠢的場面話，我只是紅著臉笑而不答；然而，其實我自己心中隱約有數。但是，「煞到你」這樣低俗的字眼營造出一股自以為是的氛圍，被人如此稱讚再回答「其實自己心底有數」，這是就連表演單口相聲的年輕藝人口中都不會吐出的台詞，只

④ 日本古來狹長形的集合住宅。

⑤ 又稱耳溢炎，指外耳道有液體積聚或流出。

給人一種愚蠢的印象，所以我也不可能既不正經、又洋洋自得地回說「我心裡有數」。

對我而言，人類中的女性比起男性要來得難以理解數倍。在我家中女性遠多於男性，親戚也是女孩子居多，對我「犯下罪行」的人當中也包含了女幫傭，所以我自小可以說是跟女性一起玩大的；然而，和那些女性往來，其實總讓我感到如履薄冰。她們完全無法捉摸。和她們往來如墮五里霧中，而有時若不慎踩到老虎尾巴，後果不堪設想，所受的傷跟惹到男性的下場迥然不同，是彷彿內出血般讓人極端難受的內傷，且相當難以治癒。

女人會將你招來身邊後又一腳踹開，或是在人前對你表現得不屑一顧，冷漠無情，但當身邊一個旁人都沒有時，她們又會將你緊緊摟住；女人可以熟睡得像死人一樣，讓人懷疑她們生來是否就只是為了睡。此外，我自小藉由觀察女人獲得不少見解，同樣身而為人，女人跟男人彷若截然不同的生物。然而，這種既難以理解又大意不得的生物，不可思議地卻經常包庇我。我覺得不管是「煞到我」，或是「喜歡我」，這兩種說法其實都不適用於我身上，「包庇我」或許才最符合真實情況。

比起男人，女人似乎更能泰然自若地待在小丑身邊。面對我所耍的小丑把戲，男人不會從頭到尾笑個不停，我自己也曉得在男人面前太過得意忘形的話，就會把戲演壞，因此總提醒自己見好就收；但女人不曉得何謂適度，會不斷向我索求把戲，我為了回應那無止盡的安可呼聲，總是精疲力竭。女人真的很愛笑，總的來說，女人似乎比男人更懂得品嘗快樂。

在我中學時，照顧我的親戚家中的兩姐妹只要一有空檔，就會進到我二樓的房間，每每讓我被嚇到差點要跳起來，感到相當害怕。

「在念書嗎？」

「沒有。」

我微笑著這麼說，將書闔上。

「今天呀，學校裡有個被稱作棍棒的地理老師。」

我的嘴裡流暢地吐出了完全不是出自真心的滑稽事蹟。

「阿葉，你試著戴上眼鏡看看嘛。」

某天晚上，妹妹阿節跟阿姐一起到我房間玩，讓我耍了不少小丑把戲後這麼說道。

「為什麼？」

「你別管那麼多，戴上就是了。跟阿姐借眼鏡來戴。」

她永遠都是這種不客氣的命令語氣。小丑順從地將阿姐的眼鏡戴上。戴上眼鏡的瞬間，兩姐妹馬上笑得一發不可收拾。

「太像了，好像哈羅德・勞埃德[6]。」

當時哈羅德・勞埃德這位外國喜劇演員在日本相當受歡迎。

我馬上站起身舉起一隻手。

「各位觀眾。」

我這麼說道。

「今天，我要向日本所有支持我的影迷們……」

我試著即興表演致詞，逗她們更是笑得一塌糊塗，此後，只要一有哈羅德・勞埃德的電影在鎮上電影院上映，我必定都會去看，然後暗中研究他的表情。

還有一個秋天的晚上，我正躺著看書時，阿姐像隻鳥似地迅速地進了我房間，措手不及地倒在我的被窩上大哭。

「阿葉，你會幫我對吧，你會吧？我們兩人一起逃離這個不像樣的家吧。你幫幫我吧，幫幫我。」

她吐出一些激烈的言詞後，又開始繼續哭。然而，這並非我第一次看到這副樣子的女人，也因此我並未對阿姐極端的言詞感到大驚小怪，反而是對她那既老套又乏善可陳的說詞感到無趣。我悄悄起了身，開始剝起放在書桌上的柿子，遞了一瓣給阿姐。阿姐見狀一邊抽抽噎噎，一邊吃起柿子。

⑥ 哈羅德・勞埃德（Harold Clayton Lloyd, Sr.）是美國電影演員及製片人，以演出喜劇默片聞名，並與查理・卓別林和巴斯特・基頓齊名為默片時代最有影響力的三位電影喜劇演員。

「你有沒有什麼有趣的書，借我看。」

阿姐這麼說。

我從書櫃中抽出了夏目漱石《我是貓》這本書給她。

「多謝你的招待。」

阿姐難為情地笑了笑，步出了我的房間。不光是阿姐，每當我思考到女人究竟是用怎麼樣的心思生活時，就覺得比去探究蚯蚓的想法還要來得棘手且麻煩，甚至會感到些許不舒服。不過，我自小的經驗告訴我，當女人措手不及哭出來時，只要給她們一些甜的東西吃，她們就能馬上打起精神。

又有的時候，妹妹阿節會把朋友帶到我房間，我照例公平地逗樂每個人；但阿節的朋友回去後，她肯定會說對方的壞話。她總是毫無例外地說，那人是不良少女，你最好多提防她。如果真是這樣的話，那又何必刻意把她帶到家中呢？拜此所賜，造訪我房間的訪客幾乎全都是女人。

然而，竹一場面話中的「煞到你」在此時尚未成真。換言之，自己當時只不過是東北的哈羅德・勞埃德而已。竹一那句無知的場面話，以不祥的預言之姿顯露不吉利的面貌、鮮明地向我逼近，是在那好幾年之後的事。

竹一還送了我另一項貴重的禮物。

「這是妖怪畫喔。」

有一回竹一到我房間玩時，得意洋洋地將自己帶來的一張凸版版畫現給我看，嘴上這麼說道。

那時我略感驚訝。日後我只覺得，自己往後的人生似乎就在那一瞬間就定了下來。我其實知道，那幅畫不過是梵谷的自畫像。在我小時候，法國所謂的印象派繪畫在日本大為流行，西洋畫鑑賞的第一堂課大致上都是從那些畫開始，梵谷、高更、塞尚、雷諾瓦，即使是鄉下的中學生，也都大致曾在書上看過那些畫的照片。我也看過不少梵谷的版畫，只記得他的筆觸相當有趣，用色相當大膽，但我未曾想過那是妖怪畫。

「你看看這個，這也是妖怪畫嗎？」

我從書櫃中抽出莫迪里安尼的畫冊，讓竹一看皮膚彷彿被太陽曬成古銅色的裸女畫。

「超強的。」

竹一睜大了眼睛如此驚嘆。

「好像地獄裡的馬。」

「這果然是妖怪啊。」

「我也想畫畫看這種妖怪畫呢。」

愈是極度畏懼人類的人，反而愈會有種想親眼見證駭人怪物的心理；愈是神經質、容易受到驚嚇的人，愈是會期盼比暴風雨更為強大事物的發生。唉，這一群畫家在飽受人類這種怪物凌虐、脅迫後，最後終於開始相信幻覺，在光天化日下的大自然中，鮮明地目睹妖怪的存在。然而他們並沒有施展小丑把戲矇混過去，而是致力於將自己的所見所聞如實呈現。竹一言之有理，他們毅然決然地畫下了「妖怪畫」。當時我只覺得在那些畫家的行列中看見了自己未來的夥伴，興奮到差點要流出淚來。

「我也要畫，我也要畫妖怪畫。我也要畫地獄的馬。」

不知怎地，我儘可能地壓低聲音向竹一如此說道。

我還是小學生時就喜歡看畫，也喜歡畫畫。然而我所畫的畫不像我的作文一樣受到好評。但因為我一向打從心底不信任他人所說的話，所以像作文這樣的東西，對我來說不過是小丑的客套招呼，雖然我的作文從小學一路到中學都讓老師們讀得相當開心，但我卻覺得無聊至極，唯有畫（漫畫又另當別論）不同，我自小就以獨到的畫風下不少工夫作畫。學校美術課的範例畫很無趣，老師畫得也很差勁，所以我不得不自己下工夫，胡亂嘗試不同的表現手法。升上中學後，我獲得一套專屬的油畫畫具，雖然我曾仿效印象派的筆觸作畫，但成品卻像是千代紙[7]的摺紙作品一樣毫無層次感，根本稱不上是畫。然而竹一的那番話，讓我驚

⑦ 印有花紋的手工藝用紙，多用於張貼於小盒子上或用於紙人偶的衣服上。

覺到過往觀賞畫時所未曾注意到的視點。將自身所感到美的事物，盡其所能以美麗的姿態呈現，是既天真又愚蠢的。大師們是透過自身的主觀，將稀鬆平常的事物以美麗的姿態呈現，進行再創造；又或者在面對醜到足以誘發觀者嘔吐情緒的事物時，絲毫不隱瞞自身對此的興趣，只是沉浸於創作的喜悅中。換言之，他們並不會去揣測一般人的想法。我從竹一手上收下了這幅技法原始、堪稱寶典的畫，並且在不讓這個房間的女性訪客察覺的情況下，開始著手繪製自己的自畫像。

結果成品陰鬱到連我自己都大吃一驚。這才是我隱藏於最深處的真實樣貌，表面上總是開朗地笑臉迎人，惹人發噱，但實際上我的內心就是如此陰鬱。但這也莫可奈何，我暗中接納了這樣的自己，而這幅畫除了竹一以外，是無法讓其他人目睹的。我無法忍受被人看穿，在小丑之下的自己其實是如此陰鬱悲慘，讓人心胸狹隘地提防我；此外，我更擔心沒有人能理解這是我的真面目，而是會誤以為這又是另一套新把戲，被拿來當作惹人發噱的話題，對我而言，這樣更令人難受。因此我在完成後，便馬上將畫收進壁櫥的最深處。

在學校的美術課時間我不會施展自己的「妖怪技法」，而是一如往常地將美麗的東西，以平庸的筆觸美麗地呈現。

我從以前開始，就只將自己神經質的一面展現於竹一面前，這回所畫的自畫像也相當放心地讓竹一欣賞，他對此讚譽不絕，於是我又接著畫第二幅、第三幅的妖怪畫，結果又從竹一口中得到了另一項預言。

「你這傢伙肯定會成為了不起的畫家。」

被女孩子煞到以及成為了不起的畫家，從竹一那個笨蛋口中吐出的這兩項預言就這樣烙印於我的額頭上，不久後，我便上東京去了。

我本來是想讀美術學校，但父親從以前開始就打算讓我讀一般高中，最終往官僚之路邁進，他也明確地向我傳達了這一點，我一句話都無法回嘴，只得順從父親的意思升學。「上了四年級後就先考考看高中吧。」因為父親這麼說，加上我也已經厭倦了這所種滿櫻花樹的海邊中學，於是並未往上讀到五年級，而是在讀完四年級後考上東京的高中，在那之後馬上展開宿舍生活。但我因為對宿舍的髒亂跟粗暴退避三舍，因此也沒機會在那施展小丑把戲，而是讓醫生幫我開了肺浸潤的診斷證明，搬出宿舍，住進父親位於上野櫻木町的別墅。我終究無法忍受團體生活。此外，像是歌頌青春，或是年輕人的自豪這樣的詞彙，只讓我背脊發寒，我完全跟不上所謂高校精神的腳步。不管是教室或宿舍內，都讓我感覺充斥著扭曲的性慾，我那幾近完美的小丑把戲，在那些地方根本毫無用武之地。

在議會休會期間，一個月中父親只會在別墅裡待上一至兩星期，而父親不在時，這棟大別墅裡頭就只剩下我跟負責管理別墅的一對老夫妻而已。我不時向學校請假，話雖如此，我卻也提不起在東京觀光的興致（眼看我就要在連明治神宮、楠正成[8]的銅像，還有泉岳寺的四十七志士墓[9]都沒參觀過的情況下告別東京了），一整天就待在家中看書、作畫。父親上東京時，我就每天早上手忙腳亂地準備上學。不過，有時我就直接前往位於本鄉千駄木町的洋畫家安田新太郎的繪畫教室，花上三、四個小時在那裡練習素描。自從我搬出宿舍後，就算去學校上課，也總覺得自己的地位特殊，像是個旁聽生一樣；也可能是因為彆扭的性格作崇，我逐漸感到索然無味，上學這件事對我來說變得相當沉重。我從小學到中學一直到上高中，未曾理解過何謂愛校心，包括校歌我也從未曾想要學唱過。

不久後，繪畫教室的一位學生帶領我對菸酒、妓女、當舖和左派思想開了眼界。這樣的組合非常奇妙，但我所言不假。

那位學生名為堀木正雄，出生於東京下町街區，年紀大我六歲，畢業於私立美術學校。聽說他是因為家裡沒有工作室，所以才會在這間繪畫教室持續學習西畫。

「借我個五塊錢吧。」

我跟他只有幾面之緣，截至目前為止可是一句話都沒有交談過。當下我不知該如何是好，於是就掏出了五塊錢。

⑧ 楠木正成為鎌倉幕府末期到南北朝時期著名武將。後世以其為忠臣與軍人之典範，被視為武神。
⑨ 又稱赤穗義士，為日本江戶時代中期赤穗藩（現兵庫縣赤穗郡）四十七名忠誠的家臣，為主君報仇而揚名後世。

「走，去喝酒吧。我請客，你這不經世事的好小子。」

我因為推託不了，就被他帶到繪畫教室附近、位於蓬萊町的咖啡廳去，這也是我跟他開始往來的契機。

「我已經注意你好一陣子了。對對，就是你那靦腆的微笑，那是將來會出人頭地的藝術家臉上特有的表情。難得相識，乾杯！阿絹呀，妳看這傢伙長得很英俊吧，妳可別煞到人家啊。這傢伙出現在我們的繪畫教室後，我就只好退居到第二帥的地位了。」

堀木的膚色黝黑，相貌端正，身穿在學畫的學生身上少見的西裝，領帶看起來相當樸素，中分的髮型抹了髮油，看起來服服貼貼的。

我因為不習慣這樣的場所，內心覺得害怕，一下雙手抱胸一下又放開，只能持續靦腆地微笑，但是在兩三杯啤酒下肚後，突然感受到一股不可思議解放感。

「我原本是想唸美術學校的……」

「太無聊了，唸美術學校太無聊了。學校這種地方無聊至極。我們的老師就是大自然！要對大自然懷抱熱情！」

然而，我完全無法尊敬他的言論。這人是個笨蛋，畫的畫肯定也不怎麼樣，但或許是一起玩樂的好對象。換言之，他是我在人生中第一次碰到的都市混混。雖然他的狀況有別於我，但就浮游於世間一般人的生活之外、感到徬徨這一點來說，我們確實是同類。然而，他卻是無意識地在耍小丑把戲，而且絲毫沒有察覺到這番小丑把戲的悲慘，這一點和我有著本質上的差異。

雖然我認定了這人只適合做為酒肉朋友往來，而且總在心中蔑視他，覺得跟這人當朋友相當丟臉，卻依舊任由他帶我四處開眼界。不過最終，我還是敗在這個男人手下。

一開始，我只是一味認定這男人是個好傢伙，一個罕見的好傢伙，完全輕忽人類有多可怕，只覺得交到一個可以幫我導覽東京的朋友。說老實話，要我去搭電車，我會覺得車掌很可怕；想看歌舞伎時，同樣會覺得並排站在大廳入口處緋紅地毯兩側的女性引導人員很可怕；進到餐廳後，同樣覺得默默站在我身後、等著收拾空盤子的男服務生可怕，特別是要結帳時，自己的動作會顯得相當窘迫。我在買完東西要付錢結帳時總感到頭暈眼花，這並非出於小氣想省錢，而是因為過度的緊張、感到丟臉，以及過度的不安和恐懼，而讓我覺得世界陷入一片黑暗，幾乎是陷入半發狂的狀態；別說是要殺價了，經常就連找零跟結完帳的商品都會忘了拿，所以我根本無法隻身在東京街頭行動，也才不得已每天都懶散地在家中度過。

然而，只要把錢包交給堀木，跟他一同行動的話，他就會竭盡所能幫你殺價。他很懂得玩樂的門路，每次出手都能用最少的金錢，發揮最大的效果。他對所費不貲的計程車敬而遠之，而是會視情況善用電車、公車，或是蒸汽船，在最短的時間抵達目的地。清晨我們從風化場所返家的路上，他會順道帶我到某某料亭，泡個澡、吃湯豆腐，再喝點小酒，讓我親身體驗即使是平實的消費，也能讓人相當享受。此外，他還告訴我路邊攤的牛肉飯跟烤雞串便宜歸便宜，但卻相當營養，還向我保證喝酒想醉得快，電氣白蘭[10]是首選。總之，只要跟他在一起，我不曾在結帳時感到不安或恐懼。

此外，跟堀木往來最讓我感到如釋重負的一點是，他完全無視聽者的思慮，縱情地展露他所謂的熱情，（或是說，所謂的熱情或許就是無視於對方的立場），可以一天到晚持續無聊的話題，讓我完全不用擔心兩個人走累了會陷入沉默的尷尬場面。我和別人相處時，會相當戒備不要讓那可怕的沉默出現，雖然天性寡言，但在緊要關頭之際，我還是會奮力地耍小丑把戲。而現下這個愚蠢的堀木，毫無自覺地自願擔任小丑角色，我也得以有一搭沒一搭地回他，左耳進、右耳出，只須偶爾笑著回道「真的假的」，就能夠了事。

後來，我終於逐漸理解到，即使只有短暫的片刻，酒、香菸、妓女這些東西，是能幫助我忘卻對於人類恐懼的手段。而為了追尋這些手段，我甚至不惜耗盡自己所有的財產。

⑩ 明治十五年左右，位於淺草的酒店老闆神谷傳兵衛所生產、販售的白蘭地風味酒的產品名。

對我而言，妓女既非人，亦非女人，她們看似白癡，或是瘋子，但我卻反而能在她們的懷中安然入眠。她們無欲到讓人甚至感到悲哀的境界。不曉得是否因為在我身上感受到同類的親切感，妓女總是會對我展現一種不施展壓力的自然好意。那是一種未經盤算的好意，為的不是要做生意，而是出於萍水相逢所展現的好意。有幾個晚上，我甚至在那些不曉得該說是白癡還是瘋子的妓女身上，看見了聖母瑪莉亞的光環。

然而，我為了逃避對人類的畏懼、尋求幽微的一夜休養，而時常流連於風化場所，在那裡跟與自己「同類」的妓女廝混不久後，便在不知不覺中散發出一種連我本人都沒意識到、不對勁的氣質，那是我完全料想不到的「意外收穫」。而這項「收穫」逐漸浮上檯面明朗化，堀木指出這點後，我感到相當錯愕且不舒服。冷靜想想，就世俗觀點來看，我是在透過妓女培養自己玩女人的能耐，而且在這一陣子大有精進，因為透過妓女來培養跟女人交遊的能耐是最為困難、但同時似乎也是收效最佳的。我身上已經散發出了一種「花花公子」的氣息，女性（不僅限妓女）會藉由本能嗅出這股氣味，接二連三送上門來。我的「意外收穫」就是這種既下流又不體面的氣質，而這一點比起我追求修養的心理，似乎要來得更為引人側目。

堀木可能是半開玩笑地這麼說，但我卻覺得相當沉重，對此隱約心底有數。我有印象曾在咖啡廳收過女孩子遞給我的幼稚情書；住在我櫻木町家隔壁、二十來歲的將軍家女兒，明明看似沒有特別必要，但每天早上到了我要上學的時刻，總是會頂著淡妝在家門口走進又走出；去吃牛肉時，我明明什麼也沒說，女服務生就……還有，在我經常光顧的菸舖，店老闆的女兒遞給我的菸盒裡頭……去看歌舞伎時坐我隔壁的人……在我喝得爛醉搭上路面電車睡得正熟時……我也曾經無預警收到故鄉親戚女兒所寄來、滿訴情意的情書……還有，不曉得是哪戶人家的女兒，曾趁我不在家時放了自己親手做的人偶……因為我極度消極，所以完全沒有後續發展，每個故事只有片段，最後都是不了了之。說到我身懷一種讓女人懷抱夢想的氣質，那也不是什麼愛現或是胡扯的玩笑話，我確實無法否認。被堀木指出這點後，我在感受到一股近似屈辱的苦澀滋味的同時，馬上就對出入風化場所這件事喪失了興趣。

此外，某天堀木出於他那愛慕虛榮、追求時髦的本性（提到堀木，除了這個理由，我想不到有其他可能），帶我去參加一個名為共產主義讀書會（他好像說是叫R・S，我不是很有印象）的祕密研究會。對於堀木這樣的人物來說，共產主義的祕密集會或許也只是「東京導覽」的一環罷了。我被介紹給所謂的「同志」們，被迫買了一本手冊，然後讓坐在主位、長得奇醜的一位青年給我講解了馬克思的經濟學。但我只覺得早已完全摸透那些內容。雖是不言自明的道理，其實人類的心裡存在著更難以捉摸、更為駭人的東西。說是慾望不足以概括，虛榮也不足以概括，用色與慾這樣的範疇也依舊不足概括，雖然說不上來究竟是什麼，但我總覺得，在這人世的底流處，除了經濟以外，還有著如同靈異怪談的東西存在。對於極度懼怕這則靈異怪談的我而言，雖可像水往低處流般很自然地認同所謂的唯物論，卻無法藉此擺脫對於人類的恐懼，將目光轉移至綻放的綠葉上，感受希望所帶來的喜悅。但我卻一次也沒有缺席過，每次參加R・S（雖然我這樣寫，但極有可能搞錯了名字）的聚會時，「同志」們總是煞有介事地用非常嚴肅的表情，傾全力研究可說是一加一等於二這種初級算數般的基礎理論，我看在眼裡只覺得滑稽不已，於是便用我慣有的小丑把戲中和研究會的氣氛，可能是拜此所賜，研究會正襟危坐的氛圍逐漸淡去，我也成為了會上不可或缺的受歡迎人物。這一群看似單純的人，可能也將我看作是「同志」的一員，以為我就跟他們一樣單純，是個樂天又好笑的傢伙。如果真是如此的話，那麼我可以說是徹頭徹尾騙過了他們。我不是他們的同志。但我依舊不曾缺席，每回都在會上用小丑把戲服務他們一番。

這是因為我喜歡他們。我非常中意這一群人。但我並非因為馬克思思想而對他們感到親切。

非法。我在心底所享受的是這一點。非法反而讓我覺得自在。這世上所謂的合法其實才是真正的恐怖，（對此我有一種無法言喻的強烈預感）我無法理解合法的運作機制，無法忍受身處於名為合法、裡頭一扇窗也沒有，讓人打從骨子裡發寒的房間。即使投身於窗外非法的大海，最後會游到精疲力盡而喪命，那也讓我覺得較為輕鬆。

有個詞叫做「邊緣人」。聽說是用來稱呼這個世上悲慘的輸家或是敗德者，我覺得自己打從生下來就是個邊緣人，要是碰上另一個被世人指指點點為邊緣人的人，我肯定會變得相當溫柔。怎麼樣的「溫柔」呢，那是就連我自己都會陶醉的溫柔。

此外，還有個詞叫做「犯罪心理」。我這一生始終為這樣的心理狀態所苦，然而這樣的心理狀態就彷彿是和我生死與共的糟糠之妻，跟她兩人孤零零地相依偎，或許就是我的生存方式之一。還有，如同俗話中「小腿負傷」[11]這句話一樣，這道傷自我還在襁褓中就自然而然地出現在我的小腿上，久而久之，別說是復原了，傷口甚至還愈來愈深，深至見骨。每晚的痛苦雖然如同千變萬化的地獄，然而，（雖然這麼說聽起來很奇妙），那傷口卻日漸變得比家人要來得更親切，傷口的疼痛，也就是說這個傷口的存在為我帶來的感受，甚至讓我覺得像是帶有愛意的低喃，對於像我這樣的男人而言，這個地下運動團體的氛圍只讓我覺得莫名地安心、自在。換言之，讓我覺得一拍即合的並非是這個運動本身的目的，而是這個運動的性質。而堀木他不過是個故作聲勢的笨蛋，在介紹我去研究會後就再也未曾現身，自以為聰明地說什麼馬克思主義者在研究生產面的同時，也必須觀察消費面，完全不出席研究會，還不時想邀我一同去觀察消費面。回想當時，還真是有各式各樣的馬克思主義者。有些人是像堀木出於虛榮而自稱為馬克思主義者，也有些人是像我一樣，純粹是中意那非法的氣味，就一股腦栽了進去。如果這樣的實情被真正信奉馬克思主義的人所識破，不管是我或是堀木，肯定會被大加斥責，並且馬上就被當作卑鄙的背叛者掃地出門。但是，不管是我還是堀木，

⑪ 日文中的一句諺語，意指心中藏有無法向他人透露的虧心事，或是對過往所犯下的錯誤行徑感到愧疚之意。

都沒有遭到除名的處分，特別是我，相較於合法的紳士們所處的世界，反而是在這個非法的世界裡更能隨心所欲、「正常」地表現自我，也因此他們才會將我視為有望的「同志」，將各式各樣保密到惹人發噱的任務託付給我。而我事實上一次也未曾拒絕過他們託付的任務，不管是什麼樣的任務我都面不改色地接下，不曾因為形跡可疑而被那些狗（同志們都是這樣稱呼警察的）給盤查過，總是一邊面帶笑容，或者一邊逗人發笑，一邊精確地順利完成他們所謂的危險（搞這個運動的傢伙們經常煞有介事地緊張兮兮，甚至會出現一些像是笨拙地模仿偵探小說的舉動，極度戒備。而我所被交付的任務，即使再怎麼無聊到讓人倒退三步，他們依舊會盡其所能營造出一種危險氛圍）的任務。當時我的想法是，要是以黨員的身分被捕，即使要一輩子在監獄裡度過我也無所謂。我所想的是，比起畏懼這人世間的「實際生活」而夜夜在無法成眠的地獄呻吟，倒不如把我關進監獄裡還來得輕鬆些。

在櫻木町的別墅裡，父親不是有訪客就是外出，雖然同樣在家，但我們幾乎

三、四天都碰不上一次面，而父親總讓我感到疏遠、可怕，就在我心想搬出這個家、到外頭租房子卻又難以啟齒的時間點，從管理別墅的老先生口中聽到了父親想賣掉這個房子的消息。

父親的議員任期即將屆滿，雖然他肯定還有許多其他考量，但看似無意再度出馬競選，而是想在家鄉蓋一間隱世的居所。他對於東京似乎毫無留戀，而我不過是一介高中生，他大概覺得為了我留下這棟房子跟傭人很浪費吧（對我而言，父親的內心就跟一般世人一樣，始終教人摸不著頭緒）。總之，這棟房子即將讓渡給他人，於是我就搬到一棟位於本鄉森川町、名為仙遊館的分租房舍內，住進採光不佳的房間，而且同時開始為錢所苦。

在我搬出去以前，父親每個月都會給我定額的零用錢，但總是不出兩三天就被我花個精光。然而家中有菸、有酒、有起司、有水果，書或文具或是衣服這些東西，總是可以在家附近的店內賒帳購買；請堀木吃蕎麥麵或是天丼時，也因為是父親選區內的店家，就算我不付錢就踏出店門也無所謂。

但因為突然展開了租屋生活，我必須在收到下個月定額的生活費前省著花，對此我感到相當惶惑。生活費不出兩三天就被我花得精光，讓我感到可怕，不安得甚至覺得差點要發瘋，我接連向父親和兄姐們發電報讓他們送錢，詳細理由就寫在信上（信上所寫的一切均為小丑捏造的內容。我認為有求於人時，首先必須先討那個人歡心才行），此外，透過堀木的指點，我開始利用當舖，但我卻還是依舊為錢所苦。

說穿了，我根本沒有能力在非親非故的租屋處一個人過「生活」。我只要自己一個人靜靜地待在租屋處，就會覺得害怕，感覺隨時都會遭人偷襲，一擊斃命。所以我要不是出門去幫忙研究會的運動，要不就是跟堀木一起到處去便宜的酒館喝酒，幾乎完全放棄學業跟學畫。在升上高中第二年的十一月，發生和年紀比我大的有夫之婦殉情的事件後，我的人生就此驟變。

我既不去上學，也完全不讀書，但不知為何特別擅長考試，在那之前，我都是這樣瞞過故鄉的家人。然而，由於我的出席天數不夠，學校似乎私下寄了通知給家鄉的父親，身為父親代理人的大哥因此寄了一封用嚴厲口吻寫成的長信來。然而，我最直接的痛苦來源就是沒有錢，以及研究會的運動愈發激進、變得相當忙碌，讓我無法用半調子的心態參與。不曉得是中央地區，還是哪一區，總之我變成了本鄉、小石川、下谷、神田，以及那一帶學校所有馬克思主義學生的行動隊隊長。我聽到要進行武裝暴動，便買了一把小刀（現在想想，那把小刀就連削鉛筆都不夠用，是一把相當不牢固的刀），將它放進雨衣口袋裡，為了所謂的「聯絡」四處奔走。我只想要喝酒，然後好好睡上一覺，但我卻身無分文。此外，P（這是黨的代號，我記得當時是以代號稱呼的，但也有可能是我記錯了）絲毫不給我喘息的空間，接而連三地指派任務給我。憑我虛弱的身體，根本就做不來那麼多事。打從一開始我就只是出於對非法的興趣，才開始協助運動，結果卻弄假成真，忙得不可開交，我不禁開始暗自覺得，P的成員們未免也搞錯方向了，要的話應該也是讓他們的直屬成員來做這些事才對，最後我選擇逃離這個團體。但逃避並沒有讓我更好過，於是我決心尋死。

當時，有三個女人對我特別有好感。其中一個是我的租屋處仙遊館房東的女兒。每當我在處理完研究會運動累得半死回到家，飯也不吃地倒頭就睡時，房東女兒肯定會拿著信紙跟鋼筆進到我房間。

「抱歉，樓下的弟妹太吵了，我沒有辦法專心寫信。」

她會嘴上這麼說著，在我的書桌前坐上一個小時以上寫信。

雖然我也可以裝作什麼都不知道，睡我的覺就好，但房東女兒一副期待我會跟她攀談的樣子，於是我照例發揮我那被動的服務精神，即使實際上一句話都不想說，但還是俯臥著一邊抽菸，一邊向她搭話。

「聽說有個男的，用女人寄給他的情書來燒洗澡水。」

「天哪，真是惡劣，該不會就是你吧？」

「我曾經燒過情書來熱牛奶喝。」

「還真是榮耀呢，那你就多喝點吧。」

這個人可不可以趕快出去呀，拿什麼寫信當藉口，我可是都看透了。她現在肯定是在用片假名畫人臉而已。

「讓我看看妳寫了些什麼。」

其實打死我都不想看，但我還是這樣說了。唉呦，討厭啦，不要，她雖然嘴上這麼說，但臉上掩不住一副開心的樣子，真是讓人看不下去，我直覺得掃興，於是便想到差她去幫我辦事。

「抱歉，可不可以拜託妳到電車大道上的藥房幫我買卡爾莫汀[12]？我可能是累過頭了，整臉發熱，反而沒有睡意，真是抱歉呀。錢的話……」

「沒關係啦，錢我幫你出。」

她看似喜悅地起了身。我深知，只要拜託女人幫忙，她們肯定不會因此不開心，反而會很高興可以幫上男人。

另一個人是就讀女子高等師範學校文科、我們所謂的「同志」。我因為參加

⑫ Calmotine，安眠藥的產品名。

了研究會的運動，就算不想見面，還是必須每天跟她碰頭。討論會結束後，不管到多晚，那女人都會直跟著我，到頭來還開始毫無節制地幫我買東西。

「你就把我當作是親生姐姐吧。」

她那裝模作樣的姿態讓我發毛，但我還是掛著帶有一絲哀愁的微笑這麼回答。

「我也這麼想呢。」

總之，要是惹毛了這個人後果不堪設想，我心中只想著要儘可能敷衍過去，但最終還是對那長得醜、又惹人厭的女人耍小丑把戲，讓她買東西送我，（她送我的盡是些品味奇差無比的東西，我多半會馬上轉送給烤雞串店的大叔）裝出一臉開心的樣子，說些笑話博取她的歡心。某個夏天晚上，因為她怎麼樣都不肯離開我身邊，為了打發她走，只好在街上的暗處吻了她。結果她顯得相當訝異，而且興奮得好似要發狂般。她叫了輛車，把我帶到據說是他們為了運動而偷偷租借的辦公大樓裡的小房間，跟她兩人在那裡鬧到清晨，我只能在心底暗自苦笑，這個姐姐還真是不按牌理出牌。

不管是房東的女兒，或是這一位「同志」，無論如何每天都一定會打上照面，讓我無法像過往順利避開各式各樣的女人一樣避開她們，結果出於不安的心態，我只能拖泥帶水地不斷討她們的歡心，無法用意志控制自己的行動。

就在同一個時間點，我同樣受惠於銀座一間大咖啡廳的女服務生，雖然我跟她只有一面之緣，但心中依舊對自己受惠於她感到過意不去，同時也有一股強烈的擔憂與難以言喻的不安。那時我已經不用依靠堀木就能自己搭電車，也敢自己一個人去看歌舞伎，又或者是穿上絣織和服，裝出一副泰然自若的樣子上咖啡廳。但我還是和以前一樣，在心底對人類的自信和暴力感到不可思議與害怕。雖然心中懷抱著這樣的煩惱，但在表面上，我逐漸變得可以一臉正經八百地與人寒暄，不對，要是我不在臉上掛上敗北的小丑苦笑，終究還是無法與他人寒暄；但總之，我雖然會顯得不知所措，但至少還是習得了可以忘我地與他人寒暄的「伎倆」。那是我為了研究會運動四處奔走的結果嗎？還是拜女人的磨練所賜？抑或是拜酒精所賜？我想主要還是拜我為錢而苦所賜。我無論身在何處都感到畏懼，心想若是進到大咖啡廳，混入大批醉客或是男女服務生的行列中，或許就可以擺脫不斷被追趕的情緒，獲得些許平靜，於是就帶著十塊錢，隻身前往位於銀座的大咖啡廳，笑著對招呼我的女服務生這麼說。

「我身上只有十塊錢，帳單超過的話付不起。」

「這您不用擔心。」

她講話聽起來有關西腔，而這句話竟莫名地讓我驚懼害怕的心鎮定了下來。我並不是因為不用擔心錢而鬆了口氣，而是覺得只要待在這個人身邊，就無須再畏懼。

我點了酒來喝。在那個人身邊因為感到安心，我反而無心扮演小丑，而是在她面前展現出自己天性中寡言又陰鬱的一面，一味默默地喝酒。

「您喜歡這些菜嗎？」

那女人將各式料理擺上桌。我搖了搖頭。

「只喝酒就好了嗎？那我也一起喝吧。」

那是一個寒冷的秋夜。我依照常子（我記得那是她告訴我的名字，但印象模糊，不是非常確定。我這人竟然連殉情對象的名字都會忘記）的指示，在銀座小路上一間壽司攤吃著一點都不好吃的壽司（即使記不得那人的名字，但當時那家店的壽司有多難吃，我卻記得一清二楚。店老闆頂著一個光頭，長得很像錦蛇，一邊搖頭晃腦，一邊看似老道、但其實不過是做樣子在捏壽司的情景歷歷在目。日後，我不時會在電車上看到彷彿是熟人的面孔，但在驚覺到原來只是長得像當年那間壽司店的店老闆時，會不自覺苦笑出來。時至今日，那個人的臉跟名字在我的記憶中已逐漸淡去，唯有壽司店老闆的臉，清晰到我可以畫下來的程度，足見當時那壽司有多難吃，讓我覺得又冷又痛苦。但話說回來，就算被人帶到好吃的壽司店用餐，我也未曾覺得好吃過。那些壽司都太大了，我總是想，難道就沒辦法捏成大拇指般的大小嗎），等著她前來赴約。

那個人在位於本所的木工廠二樓租房子住。我絲毫不掩飾自己生來陰鬱的內面，就在那二樓用一副苦於牙痛的樣子，一隻手拄著臉喝茶。但我這樣的姿態似乎反而讓她相當傾心。感覺她也是一個身邊只有寒風吹過、落葉狂舞，孤立無援的女人。

我在她住處休息時，她開始向我娓娓道來自己的身世。她大我兩歲，家鄉在廣島。「我可是有先生的人喔，在廣島時是開理髮店的，去年春天我們一起私奔到東京，但我先生在東京找不到像樣的工作，不久後就因為詐欺罪被起訴，現在人在監獄裡。我每天都會帶東西到監獄探望他，但從明天開始，我就不去了。」我聽著她的故事，但對她的身世卻一點也提不起興趣，不曉得是不是她不會說故事，或者說她不會抓重點；總之，對她所說的話我總是馬耳東風。

真是哀戚。

對我而言，女人就算用盡千言萬語述說身世，也比不上這一句話要來得讓我感到共鳴，而儘管我對此心懷期待，但卻一次也不曾從這人世間的女人口中聽到過這句話，這點始終讓我感到奇妙和不可思議。然而，這個人雖然一次也不曾說出「哀戚」這樣的字眼，但卻帶有一股沉默的哀戚感，彷彿有一股氣流環繞在她身外一寸之處，只要一靠近她，我的身體也會被那股氣流所包圍，我身上所帶有的那股帶刺陰鬱氣流會與她的氣流相互融合，就好似「落至水中，依附於石塊上的枯葉」一般，得以讓我自恐懼與不安當中逃離。

這種感受跟在那些白癡妓女的懷中安心入眠的感覺大異其趣（首先，那些妓女們都很開朗），跟那個詐欺犯的妻子所共渡的夜晚，對我而言相當幸福（除了此處之外，我已經無意在我的手記中以不帶遲疑且肯定的意思來使用這個煞有介事的字眼），而且讓我徹底獲得解放。

然而，就僅此一晚。當我早晨驚醒過來，又再度掛上我原有的輕浮小丑面具。膽小鬼就連面對幸福都會感到害怕，就連棉花都會讓我受傷。人是會被幸福所傷的。我只趕著在尚未受傷的情況下與她道別，於是又拉起了自己慣有的小丑防護線。

「『錢斷情也斷』這句話的解釋，其實跟一般的理解正好相反。這句話的意思，不是說身上沒錢就會被女人甩掉，而是在說男人呀，一旦沒有了錢就自然而然意氣消沉，變得沒用，甚至連發笑的餘力都沒有，莫名其妙地憤世嫉俗、自暴自棄，然後自己把女人給甩掉，而且是在半發瘋狀態下把人家徹底甩掉的意思，《金澤大辭林》這部字典上是這麼說的，還真是可憐。我也懂那感受呢。」

我記得在我這樣閒扯淡時，常子聽了噗哧一笑。在此地久留絕非上策，我連臉都沒洗就匆忙離開了，而當時自己胡扯的「錢斷情也斷」這句話，沒想到日後竟為我帶來意外的發展。

此後，我有一個月沒再見過那晚的恩人。與她分離後，那一夜的喜悅感也隨著時間的流逝日漸淡去，但區區一時的恩情讓我益發不安，擅自給自己加上束縛感，在咖啡廳結帳時全讓常子出錢這樣的俗事也讓我愈發在意，開始覺得常子果然也跟房東女兒，還有那個女子高等師範學校的人一樣，只是個會威脅我的女人而已。即使我已經遠離常子身邊，卻還是時刻感到畏懼，我更是無法克制地想著再次碰上睡過的女人，對方一定會大發雷霆。我怕碰上面會很麻煩，於是開始對銀座敬而遠之。然而，我那嫌麻煩的念頭絕非出於狡猾，而是因為我當時尚未理解這種不可思議的現象：女性這種生物可以彷彿徹底失憶一般，將一夜的共枕同眠與早晨起床後的現實生活切割得一乾二淨，若無其事地過活。

十一月底，我和堀木在神田的路邊攤喝便宜的小酒，這個損友在我們離開路邊攤後還嚷著要再繼續喝，我身上都已經空空如也，他還是在那死纏爛打地說著繼續喝、繼續喝啦。當時，我可能是乘著酒意才說出這麼大膽的話。

「好，那我就帶你去夢想的國度開眼界。你可別嚇到，那裡是酒池肉林……」

「你是說咖啡廳嗎？」

「沒錯。」

「走！」

我們兩人就這樣搭上了路面電車，堀木他的情緒相當亢奮。

「我今晚對女人好飢渴呀，我可以親女服務生嗎？」

我不是很喜歡看到堀木這樣借酒裝瘋，堀木也曉得這一點，所以才會向我再三確認。

「你聽好囉，我要親她們。我肯定會親坐我旁邊的女服務生，你沒意見吧。」

「我無所謂。」

「那真是求之不得！我實在對女人太飢渴了。」

我們在銀座四丁目下車，在幾乎身無分文的情況下，靠著常子的關係步入這間所謂酒池肉林的大咖啡廳，我跟堀木在有空位的包廂才面對面剛坐下來，常子就跟另外一位女服務生一起走了過來，那位女服務生坐在我旁邊，而常子就一屁股坐到堀木身旁，讓我吃了一驚。常子馬上就要被親了。

我並不覺得可惜。我本來就沒有什麼佔有慾，即使偶爾會有一絲可惜的想法，但卻也沒有勇於主張自身的所有權、與人爭奪的精力。日後，甚至就連自己的結髮妻被人侵犯時，我也只是默不作聲地冷眼旁觀而已。

我儘可能不想被捲入棘手的人際關係，一旦被捲了進去，後果不堪設想。常子跟我之間不過就是一夜情而已。常子她不屬於我，所以我也不會湧起感到可惜的情緒。然而眼前的光景依舊令我啞然。

因為常子就在我的眼前被堀木猛烈地親吻，讓我心生一股憐憫之意。被堀木玷汙的常子應該會跟我分手吧，我也沒有足以挽留她的積極動力，唉，我們之間就此結束了。雖然我在心中對常子的不幸產生了一瞬間的啞然，但卻又馬上淡泊地爽快放棄，一邊冷笑著，目光在堀木跟常子的臉上來回打量。

然而，事態的發展超乎預期，往更糟糕的方向展開。

「不親了！」

堀木癟著嘴這麼說。

「這麼窮酸的女人，我實在是……」

他一副完全沒輒的樣子，雙手抱胸直盯著常子，苦笑了出來。

「給我酒。但我沒錢。」

我低聲對常子這麼說道。我當時只想痛飲一番。在一般凡夫俗子的眼中看來，常子她就連讓醉漢想親吻的魅力也沒有，不過是個長相平平、看起來又寒酸的女人，而我對此感到超乎意料的晴天霹靂。我用以往不曾有過的氣勢狂飲，醉得一塌糊塗，時不時和常子對望，相互投以哀傷的微笑。真要說的話，這女人確實看起來既疲憊又窮酸，但同時，我們兩人同樣為錢所苦所帶來的親切感（窮人與有錢人之間的鴻溝或許相當陳腐，但我直到現在都覺得這是永恆的戲劇主題之一）、這女人、還有這份親切感湧上心頭，讓我的心中對常子產生一股愛憐之意，那是我有生以來第一次，察覺到內心有股積極萌芽的微弱情竇。我喝到嘔吐，醉到不省人事。那是我第一次喝酒喝到失去意識。

醒來後，常子就坐在我的枕邊。我在本所木工廠二樓的房間睡了一覺。

「你之前說『錢斷情也斷』，我還以為那是玩笑話，沒想到你是說真的，在那之後都不來找我了。這種斷法也太難懂了，就算是我賺錢給你也不行嗎？」

「不行。」

後來常子也睡下，接近清晨時，我第一次從她口中聽見「死」這個字眼，她似乎也厭倦了人世間的汲汲營營，同樣地，我想到我在這個世界中所感到的恐懼、紛擾、錢、那個地下運動、女人、課業，就覺得自己無法忍受這一切繼續活下去，便輕率地答應了她的提議。

然而，當時我對於「尋死」這件事，並沒有切身的覺悟。對我來說，那多少帶有些許「遊戲」的成分。

當天上午，我們兩人在淺草的六區徘徊，步入咖啡廳喝了牛奶。

「你去結帳吧。」

我站起身來，從袖口掏出錢包打開一看，裡頭只有三枚銅板，比起恥辱，我感受到更多的是淒慘。在那一瞬間，浮現於我腦海的是租屋處仙遊館的房間。裡頭只剩下制服跟坐墊，在那空無一物的荒涼房間裡頭，已經沒有任何其他可以拿去典當的東西，就只剩自己現在穿著四處走動的絣織和服跟披風，這就是我的現實，我很明確地體認到我是活不下去的。

看我一副不知所措的樣子，常子站起身來，瞧了瞧我的錢包，

「哎呀，就這麼點錢而已？」

雖說是無心之言，但這句話又讓我感到一股切身的痛楚。正因她是我生平第一次喜歡上的人，所以更是讓人受傷。不多不少，就三枚銅板，根本連錢都算不上。那是我未曾嘗過的奇妙恥辱感，一種讓人活不下去的恥辱感。說到底，那時的我應該是還沒徹底擺脫有錢人家的少爺心態。當時，我明確感到想要尋死，就此在心中下了決定。

當天晚上，我們兩人從鎌倉的海邊一躍而下。常子說著和服的腰帶是跟咖啡廳的朋友借來的，她解開腰帶摺好後放在石塊上，我也脫下了披風放到同一處，然後跟她一同投入海中。

常子就這麼死了，只有我一個人獲救。

我還是一個高中生，加上父親小有名氣，多少有一點新聞價值，所以似乎在報上被大肆報導一番。

我被送進海邊的醫院，家鄉的一位親戚趕了過來，為我收拾善後，然後告訴我家鄉的父親跟家人大為光火，很有可能會因此跟我斷絕關係後，就這麼離開了。但這對我來說不重要，我只是一心思念常子，以淚洗面。在截至目前為止的人生中，我唯一喜歡過的人，就只有那個窮酸的常子而已。

房東的女兒寄來一封寫有五十首短歌的長信給我。整封信上都是以「要活下去」這種莫名其妙的話語開頭的短歌，總共有五十首。護士們會開朗地笑著來我的病房探視，當中還有人會緊握一下我的手後才離開。

我的左肺有問題是在那間醫院發現的，這一點對我來說正好求之不得，不久後我以加工自殺罪的罪名從醫院被送往警察局，而警察依病人身分處置我，將我送進了保護室。

到了深夜，在保護室隔壁的執勤室中，熬夜值班的老巡查將門輕輕打開，

「喂！」

他出聲向我這樣喊道。

「很冷吧，過來這裡取取暖。」

我刻意裝出一副無精打采的樣子步進執勤室，坐到椅子上將身體貼近火盆。

「你還是想著那個死掉的女人吧。」

「對。」

我刻意用極為微弱的聲音這麼回答。

「這也是人之常情。」

他的姿態逐漸變得高高在上。

「你一開始跟這女的是在哪裡、怎麼認識的？」

他彷彿像是法官一樣，擺出一副了不起的樣子訊問我。他看不起我只是小鬼頭，為了排遣漫長秋夜的無聊，裝得像是訊問的主要負責人一樣，打著如意算盤想從我口中套出一些下流話來。我馬上就察覺到這一點，用盡了全力，才忍住不要失笑出聲。我曉得我是有權利完全拒答這位巡查的「非官方訊問」，但為了替漫長秋夜增添一點樂趣，我也裝作堅信這位巡查就是主要的訊問者、判刑的輕重就取決於他一念間的樣子，表現出誠意作答，讓他可以在旺盛的好奇心稍稍被滿足的情況下隨口「自白」。

「嗯，這樣我大致瞭解了，你只要老實回答，我也比較好手下留情。」

「謝謝，還有勞您了。」

真是出神入化的演技。對我來說，這是根本派不上任何用場的精彩演技。

破曉之際，我被署長傳喚了過去，這次才真的是正式的訊問。

打開門才剛踏進署長室的當下。

「哎呀，生得那麼英俊。不過這也不是你的錯，錯就錯在你母親把你生得太英俊了。」

這位署長膚色略為黝黑，看起來像才大學剛畢業，很年輕的樣子。劈頭就被人這樣講，我彷彿就像是半張臉都被胎記覆蓋的醜陋怪胎一樣，陷入一種悲慘的情緒中。

這位像是柔道或劍道選手的署長訊問非常乾脆，跟那天深夜那位老巡查只是為了滿足色心而死纏爛打的「訊問」有著雲泥之差。訊問結束後，署長一邊填準備送往檢察署的資料，一邊對我說。

「你不把身體養好可不行啊。你還咳了血痰吧？」

當天早上我咳個不停，每次咳的時候我都會用手帕摀住嘴，而手帕上就沾染了彷彿下過冰霰般的血漬。然而，那其實不是從我的喉嚨咳出來的血，而是前一晚我摳了耳朵後面長的一個小疙瘩後，從那裡流出來的血。不過我心想不要明說可能會對我比較有利，因此就只是盯著地板，煞有介事地回答。

「對。」

署長填完資料後對我這麼說。

「你會不會被起訴要由檢察官來決定，但你最好發個電報或打個電話，拜託你的擔保人今天過來橫濱的檢察署。應該找得到人吧，看是要叫你的監護人還是保證人來。」

我想到有個叫澀田的古董商經常出入父親的別墅，他跟我們是同鄉，是一個很會討父親歡心、四十多歲的矮胖男子，他剛好就是我在學校的保證人。那男人的臉，特別是眼睛部分，看起來很像比目魚，因此父親老叫他比目魚，我也習慣跟著一起這樣叫。

我跟警察借了電話簿找比目魚家的電話號碼，找到後打了通電話給他，拜託他過來橫濱的檢察署後，比目魚彷彿變了個人似的，用很囂張的口氣對我說話，不過他最後還是接受了我的請託。

「欸，話筒最好馬上消毒啊，畢竟他可是會咳血痰。」

回到保護室後，署長對巡查們大聲地這麼說道。他的聲音傳進了坐在保護室裡我的耳中。

中午過後，我被允許用披風遮掩自己，但全身被用細麻繩給綁住，一位年輕的巡查就緊抓著麻繩的尾端，跟我一同搭電車前往橫濱。

然而，我卻沒有一絲不安，警察局的保護室和老巡查都讓人覺得懷念。唉，我究竟是在想什麼，都被當作犯人五花大綁了，卻反倒覺得鬆一口氣而安下心來，即使是現在動筆的當下，追憶當時，我依舊可以感受到一股悠然的喜悅。

然而，在那段時期讓人懷念的種種回憶中，唯有一個讓我倒捏一把冷汗、終生難以忘懷的失敗。我在檢察署一間昏暗房間內接受檢察官的訊問。檢察官年約四十歲上下，看起來相當文靜（若要說我長得好看，那麼肯定是那種所謂帶有邪淫的好看；然而這位檢察官的樣貌，卻會讓人想稱讚他相貌端正，同時還帶有一種既聰慧又穩重的氣質），感覺是不會隨便找人麻煩的人，因此我也完全放下戒心，很平常地進行陳述。但突然間我又咳了起來，於是我從袖口掏出手帕，在看到手帕上血漬的瞬間，頓時想到這樣咳或許可以為自己帶來一些好處，心生一股想要小伎倆的卑劣想法，於是又裝模作樣地用力多咳了兩下，在用手帕摀著嘴的同時，還偷偷瞄了檢察官一眼。就在這千鈞一髮之際，檢察官不動聲色地微笑問道。

「你是真咳嗎？」

這句話讓我倒捏了一把冷汗。不，就算現在回想起來，也是讓人慌亂到不知所措。國中時，被竹一那個笨蛋從背後冷不防說道「你是故意的」時，彷彿像是被踢落地獄一樣，要說那個當下比當年的回憶更加可怕，一點也不為過。竹一和這位檢察官，就這麼兩次，讓我在生涯中留下莫大的演技失敗汙點。比起面對那位檢察官不動聲色的侮蔑，我甚至覺得自己寧可被判刑十年。

我最終被判了緩起訴，但卻沒有絲毫的喜悅，只覺得這個世界悲慘不已。我在檢察署休息室內的長凳上坐下，等待擔保人比目魚前來。

透過我身後的高聳窗戶，可以望見夕陽西下的天空，海鷗們排成一個「女」字，自空中飛過。

第三手記

一

竹一口中的預言，其中一項成真，另一項卻失準了。「女孩子會煞到我」這個不太體面的預言成真了，然而，另一項說我「肯定會成為了不起的畫家」的祝福預言卻失準了。

我只成為了一個默默無名的拙劣漫畫家，為一家不入流的雜誌供稿。

發生在鎌倉的事件讓我被高中開除，我就在比目魚家二樓一間只有三張榻榻米大的房間生活。家裡每個月會寄來一筆少之又少的錢，但那也不是直接寄給我，而是暗中寄給比目魚的樣子（而且，好像是家鄉的哥哥們瞞著父親寄過來的），此後我跟家裡完全斷絕關係，而比目魚總是每天一副沒好氣的樣子，就算我擺出笑臉，他也不會給我好臉色看。人類這種生物，原來是可以如此輕而易舉地說變就變，他的前後落差之大讓人覺得可鄙，不，應該說是可笑。

「你不准出門喔，總之別給我出門。」

他只會對我說這句話。

比目魚好像以為我還是想自殺，總之，他似乎以為我會追隨那女人的腳步，有再去跳海自殺的危險，所以嚴禁我外出。然而，我既不能喝酒，也無法抽菸，每天只是從早到晚悶在二樓這間只有三張榻榻米大的小房間，過著只能翻些舊雜誌來讀的呆滯生活，就連想自殺的力氣都煙消雲散了。

比目魚家在大久保的醫科專門學校附近，是由兩戶構成一棟的房子，其中一戶掛著「書畫古董商　青龍園」這個只有招牌文字感覺很有氣勢的看板，但店面入口既小，店裡也滿是塵埃，擺著一大堆讓人摸不著頭緒的廢物，（不過比目魚原本就不是靠店裡那些廢物賺錢，他似乎是活躍於把某個大老爺的寶物所有權，讓渡給另一個大老爺之類的場合，從中賺取利益）他幾乎不曾在顧店，多半是一早就面有難色、慌慌張張地出門。負責看家的是一個十七、八歲的小子，他是主要監視我的人，但只要一有空檔，他就會跟鄰居小孩一起玩傳接球。他似乎以為我這個寄居在二樓的食客是個傻子或是瘋子，甚至會擺出一副大人的樣子向我說教，我天性不喜與人爭辯，總是順從地用一副疲憊或佩服的表情，洗耳恭聽他的發言。這個小子是澀田的私生子，但因為有內情，所以無法公開兩人的父子身分，澀田始終未婚，內情似乎與此有關，我記得打以前就從家裡人口中聽說過一些流言蜚語，但我對別人的閒事毫無興趣，所以並不曉得真相為何。不過，那小子的眼睛確實也神奇地讓人聯想到魚的眼睛，或許他真的是比目魚的私生子……不過，若真是如此，這兩人還真是一對寂寞的父子。有時在深夜裡，他們倆還會瞞著人在二樓的我，不發一語地一起吃外送的蕎麥麵。

比目魚家的飲食都是由那個小子負責，他每天按三餐把我這個住在二樓的麻煩人物的份另外裝到托盤送到我房間。比目魚跟小子就在樓梯下方那間四張半榻榻米大、濕氣很重的房間裡吃飯，我往往會聽見碗盤的碰撞聲，感覺他們吃得相當急。

三月底的一個傍晚，比目魚不曉得是因為有什麼好處，還是因為另有打算，（就算這兩點都被我說中了，肯定還有好些我所無法想像的其他理由）很難得地把我叫到樓下擺了酒的餐桌一起吃飯，款待我的東道主自顧自地稱讚鮪魚（而不是比目魚）生魚片有多美味，向一臉茫然的寄居食客勸酒。

「你今後究竟打算怎麼辦。」

我不發一語，用指尖抓起一把餐桌上盤中的沙丁魚脆片，直盯著那些小魚銀色的眼球看。酒精開始在我體內發揮作用，我突然對遊手好閒的那段時光感到無比眷戀，就連堀木也令人覺得懷念，我發自內心渴求「自由」，一瞬間差點要哽咽出來。

自從來到這個家後，我絲毫沒有扮演小丑的心力，就只是在比目魚跟小子輕蔑的視線中過生活，比目魚似乎也想儘可能避開能和我促膝長談的機會，我自己也無意窮追著他為自己辯駁什麼。自己真的是徹頭徹尾變成一個一臉傻樣的食客。

「緩起訴似乎是不會構成前科的，所以只要你有心，就可以再重新出發。如果你願意洗心革面，主動認真跟我商量的話，我也願意幫你想一想的。」

比目魚的說話方式，不，所有世人說話的方式都這樣含糊不清，帶有一種微妙、隨時可以推卸責任的迂迴感，但他們的高度警戒心多半讓人感到毫無必要。他們的話語中暗藏無數的算計，這一切總讓我困惑不已，因而萌生一種無所謂的心情，選擇戴上小丑面具矇混過去，我只得不發一語地點頭讓對方全權決定，採取所謂敗北的姿態。

日後我才曉得，要是當時比目魚向我簡單轉述以下那番話，事情就會變得好辦許多。比目魚那不必要的算計，不，應該說是世人難以理解的虛榮心，以及對於形式的講究，讓我心中滿是憂鬱的思緒。

當時，比目魚其實只要這樣說，一切就都好辦了。

「不管是公立學校也好、私立學校也好，總之從四月份開始，你就重新回去學校上課。只要你入學，老家的人就會寄足夠的生活費給你。」

時隔多年後我才曉得，真正的事實其實是如此。如果他這樣說的話，我肯定會乖乖聽話。然而比目魚卻不老實又居心叵測，用相當拐彎抹角的方式向我傳達，把事情複雜化，結果就此扭轉了我未來的人生方向。

「如果你無意要認真跟我商量的話，那我也束手無策。」

「商量什麼？」

我真的是一點頭緒也沒有。

「當然是你的內心話不是嗎？」

「比方說？」

「比方說你將來到底打算怎麼辦。」

「我是不是去工作比較好？」

「沒有，這攸關你究竟是怎麼想的。」

「但是你說重新回去上學……」

「確實要花錢沒錯。但問題不在錢上，而是在你怎麼想的。」

為什麼他當時就是絕口不提老家的人會寄錢給我，以及原因為何。那句話肯定可以讓我堅定心意，然而當時，我只覺得如墮五里霧中。

「怎麼樣？你對於將來有什麼期待嗎？畢竟一個寄人籬下的人，是無法了解身負照顧重責的人有多麼辛苦。」

「真的很抱歉。」

「我真的是很擔心你。我既然受託照顧你，自然也不希望看到你用半調子的心情面對未來。我希望你能表現出自己是下定決心想重新來過。比方說你對未來的打算，如果你能認真跟我商量你對未來的打算，那我也會盡全力幫你。不過畢竟我只是貧窮的比目魚，如果你想要的是像過去那樣的奢侈生活，那我幫不上忙。但是，如果你的意志堅定，可以立定未來的計劃，然後跟我商量的話，即使是能力有限，我還是願意協助你重新開始。懂我的意思嗎？你今後究竟打算怎麼辦……」

「如果您不讓願意讓我住在這裡的二樓的話，那我就去工作……」

「你這話是當真嗎？現在這個世道，就算是帝國大學畢業的……」

「沒有，我不打算去外面的公司上班。」

「那你要做什麼？」

「當畫家。」

我心一橫這麼說。

「什麼？」

我無法忘懷當時比目魚縮著脖子、看似狡猾的笑臉的殘影。那殘影近似輕蔑，卻又不完全是輕蔑，若以這世上的海來打比方的話，那奇妙的殘影彷彿像是在千萬呎深的深海處漂蕩，是能讓人窺探到大人生活中最陰暗面的笑臉。

「你說這種話，我跟你根本就談不下去。你的意志一點都不堅定，你自己再好好想想，今晚認真地好好想想。」比目魚這樣對我說，然後我就像是被趕出去一樣地回到了二樓。睡了一覺後，我依舊沒有任何想法。於是我便在清晨時逃出了比目魚家。

「我到傍晚一定會回來。我去找左邊這位朋友商量未來的計劃，您不用擔心，真的。」我在字條上用鉛筆大大寫下這幾個字，留下了堀木正雄的姓名地址，悄悄地步出了比目魚的家門。

我並不是因為嚥不下被比目魚說教這口氣才逃跑。確實正如比目魚所言，我是一個意志不堅的男人，不管是未來的計劃，或是其他的規劃，我完全沒有頭緒；此外，我在比目魚家已經成為一號棘手人物，心裡對他也過意不去。萬一日後我有心振作起來，立定志向的話，就得拜託那個貧窮的比目魚每個月援助我再出發的資金，一想到這裡我就感到相當痛苦，難以承受。

但是，我並非真心想去找堀木商量「未來的計劃」才逃出比目魚家。那只是為了能讓比目魚稍微暫時安心（與其說我當時是為了逃到一個遠一點的地方，才採取這種彷彿偵探小說的手段寫下字條，不，我心裡確實多少有點這樣的想法；但比起這點，或許更正確地來說，應該是因為我想出其不意地嚇嚇比目魚，讓他陷入混亂。雖然自己撒的謊遲早會被揭穿，但要直接說出老實話實在太可怕，因此我註定會添油加醋一番，這也是我悲哀的習性之一，雖然這和世人口中「騙子」

的卑劣性格沒有兩樣，但是我幾乎不曾為了個人利益說過謊。在多數情況下，我只是因為急轉直下的情勢，為自己帶來一股近乎窒息的恐懼，所以即使內心曉得，這麼做不會給自己帶來好下場，卻還是會拿出自己慣有的「奉獻服務精神」，不管這種精神再怎麼扭曲、虛微又愚蠢，我還是會不小心多加油添醋一點。然而，這樣的習性，卻被世人口中的「正人君子」拿來大大利用了一番），才將突然從記憶深處浮現的堀木家的住址跟他的姓名寫到字條上。

我在離開比目魚家後走到了新宿，賣掉身上的書，最後還是走投無路。雖然大家都覺得我這人好親近，但我從不曾感受過何謂「友情」，像堀木那種酒肉朋友另當別論，所有的人際往來都只讓我感到痛苦罷了。我為了緩解那痛苦賣命地扮演小丑，卻反倒讓自己精疲力竭，走在路上只要看到僅有數面之緣的朋友，或是長得像他們的人，都會讓我膽戰心驚，好似有一種令人不快的戰慄瞬間襲來，令我眩暈。我雖然可以理解被喜歡的感覺，但似乎欠缺了愛人的能力。（但話說回來，我懷疑一般人真的有「愛」的能力嗎？）這種性格的我當然不可能交到「摯友」，此外，我就連「拜訪」的能力也沒有。對我而言，別人家的大門比神曲中的地獄之門還要來得讓人不舒服。這並非誇大其辭，我確實可以感受到，在別人家的家門後有著散發出腥臭、像龍一般的可怕奇獸在蠢蠢欲動。

我跟任何人都沒有交情，也沒有人能讓我登門拜訪。

堀木。

沒想到玩笑話竟然成真。我如同那張字條上所寫的，決定上淺草去拜訪堀木。我不曾去過堀木家，以往我多半是發電報把他叫過來，但現在的我就連電報費都出不起，再說自己出於一種窮困潦倒的彆扭心態，覺得只是打一通電報，堀木可能不會願意過來，於是決定執行我最討厭的「拜訪」。我嘆了一口氣搭上路面電車，一想到我在這世上的一線生機就是那個堀木，我就覺得背脊發寒。

堀木剛好在家。他家是位於一條髒亂巷弄深處的兩層樓建築，堀木的房間是二樓唯一一間六張榻榻米大的房間，他年邁的雙親還有一位年輕的工匠三個人就在一樓製作木屐帶，又是縫又是敲的。

那一天，堀木向我展現以往我未曾看過的都市人嘴臉，簡單來說就是工於心計的一面。他的冷漠及狡獪的自我中心個性，讓出身鄉下的我感到錯愕吃驚。有別於我，他其實根本就不是毫無想法、隨波逐流的男人。

「你真是讓我很傻眼，你家老頭原諒你了嗎？還沒嗎？」

我是逃出來的，這話我講不出口。

我照例隨便找理由搪塞了過去。雖然一切肯定都被堀木給看穿了，但我還是在那裡打馬虎眼。

「船到橋頭自然直。」

「喂喂，這可不是可以拿來說笑的事，我給你個忠告，再怎麼蠢的人到這個地步都會收手的。我今天有別的事，這陣子忙得不像話。」

「是什麼事？」

「欸、欸，你別把坐墊的線給扯斷啊！」

我一邊說話，一邊無意識地玩弄跟拉扯不曉得是綁繩還是綁帶、分布在坐墊四角其中一角上的垂線。堀木對於自己家中的東西相當愛惜，連坐墊上的一根線都捨不得，他對此也絲毫沒有掩飾之意，才會這樣惡狠狠地喝止我。仔細想想，在跟我往來的期間，堀木他什麼都沒有失去。

此時，堀木年邁的母親捧著托盤端來兩碗紅豆湯。

「哎呀，這是——」

堀木彷彿天生的孝子一般，對他的老母親畢恭畢敬，用字遣詞也極其不自然地有禮貌。

「是紅豆湯呀，真抱歉讓您這麼大費周章。您不需要這麼費心的，我待會有事馬上就要出門了。不過既然您特意準備了拿手的紅豆湯，那我就不客氣了。你也喝一碗吧，我媽特地煮的。哇，這紅豆湯真好喝，料真多啊。」

堀木看起來不像是在演戲，而是發自內心，開心而津津有味地品嘗紅豆湯。我也一起喝了紅豆湯，但湯喝起來像開水一樣，咬了一口麻糬後才發現，那不是麻糬，但卻也說不上來是什麼。我絕對毫無輕視他們家的貧窮之意。（當時我既不覺得難吃，也真切感受到老母親的用心。我雖然懼怕貧窮，但卻不輕視貧窮）那碗紅豆湯，以及因為那紅豆湯而展露喜悅的堀木，讓我見識到都市人勤儉質樸的本性，以及東京人家在日常生活中是如何與外人劃清界線。我不管身處家中或是外出，只是過著一味逃避他人的生活，這麼傻的自己徹徹底底被單獨拋下，我感覺堀木對我見死不救，內心不知所措，一邊動著用來吃紅豆湯、塗漆剝落的筷子，感到極度無依。但我也不過只是想把這件事給記錄下來罷了。

「抱歉，我今天有事。」

堀木起了身，一邊套上外套，一邊這麼說道。

「我得走了，抱歉。」

此時，有個女人登門拜訪堀木，我的人生也就此出現了意外的轉機。

堀木突然顯得很有精神。

「哎呀，真是不好意思。我現在正準備去拜訪您呢，但這人突然上我家來，您別介意呀。來，請坐。」

堀木看起來相當慌亂，我拿起自己坐的坐墊，翻了面遞給那女人時，堀木一把搶走坐墊，又再翻了一次面才遞給那女人。這房間裡，除了堀木的坐墊以外，只有一個訪客用的坐墊。

那女人相當高瘦，她把坐墊放到一邊，在靠近房間的入口處坐了下來。

我有一搭沒一搭地聽著這兩個人的對話。這女的似乎是雜誌社的人，不曉得是拜託堀木畫了插畫還是什麼的，所以前來取稿。

「這份稿子有點急。」

「我已經畫好了，早就畫好了，在這邊，您瞧瞧。」

此時，有一封電報發了過來。

堀木讀完電報後，原本興高采烈的表情頓時沉了下來。

「嘖！你這傢伙，到底是怎麼回事！」

是比目魚發來的電報。

「總之你馬上給我滾回去。要我送你去也是可以，但我現在可沒那閒功夫。

虧你都離家出走了，竟然還能一副這麼悠哉的樣子。」

「您府上在哪？」

「大久保。」

我不經意地回答了她。

「這樣的話，離我們公司很近。」

這女人出身於甲州[13]，二十八歲年紀，跟她即將滿五歲的女兒一起住在高圓寺的公寓裡。聽她說，她跟丈夫死別已屆三年。

「你從小應該吃了不少苦吧，真是可憐人，這麼懂得察言觀色。」

一開始我過著像是小白臉一樣的生活。靜子（那個女記者的名字）到新宿的雜誌社上班後，我就和名為茂子的五歲小女孩兩人安份守己地看家。在這之前，茂子在母親去上班時好像都是到公寓的管理員室玩，突然有個很會「察言觀色」的叔叔出現在身邊，似乎讓她相當開心。

我就這樣不知不覺地在那裡待上了一個星期。公寓窗外伸手可及的電線桿上纏著一個風箏，即使都被刮起塵埃的春風給吹破了，卻還是紮紮實實地纏繞於電線桿上，看起來彷彿是在點頭一般。每每看到那景象，我總會不禁苦笑，感到慚愧，就連夢裡都會出現這景象，讓我呻吟難過。

「好想要錢啊。」

「……你需要多少？」

「很多。……『錢斷，情也斷』，這話確實不假。」

「你在說什麼傻話，這想法也太老套了……」

「是嗎？但妳不明白的。再這樣下去，我可能會逃跑。」

「真不曉得到底是誰比較窮，然後又是誰才要逃跑。你這怪人。」

「我想自己賺錢，然後用自己賺的錢買酒，不對，我想買菸。要說畫畫，我可是有自信畫得比堀木好。」

⑬ 現山梨縣，位於日本本州中部地區。

當時，自然而然浮現於我腦海中的，是中學時期我畫的那幾張、竹一看了說是「妖怪」的自畫像。那幾幅畫是失落的傑作，但卻在前後幾次搬家過程中不小心弄丟了，我感覺唯有那幾張畫是真正出色的作品。之後我試著畫了許多其他畫，但卻都遠不及自己記憶中的傑作，內心始終為一股既空虛、又倦怠的失落感所苦。

一杯喝剩的苦艾酒。

我暗自為這種永遠無法獲得救贖的失落感賦予了這樣的形容。只要談論到畫，我的眼前就會出現那一杯喝剩的苦艾酒。唉，真想讓這人看看那幅畫，也想讓她認可我的才能，這種坐立難安的感覺令我苦悶不已。

「呵呵，是這樣嗎。看你一臉正經說笑的樣子真可愛。」

這不是玩笑話，我是說真的，唉，真想讓她看看那幅畫。我內心湧現一股莫可奈何的煩悶感，但我突然心念一轉，放棄這個話題。

「漫畫呀，至少漫畫我肯定畫得比堀木好。」

反而是我那打哈哈的小丑發言被採信了。

「對呀，我也很佩服你。每次看你畫給茂子的漫畫我都忍不住笑出來。要不要試試看？我可以幫你去跟我們的總編說說看。」

那間出版社也有發行專給小孩子看、沒什麼知名度的月刊雜誌。

「……大多數的女人看到你都會情不自禁想幫你做些什麼。……你總是戰戰兢兢的，卻又很會惹人發笑。……有時你又會獨自陷入低落狀態，但那姿態卻又更讓女人家心生憐惜。」

靜子還說了許多其他事，但就算她這樣捧我，一想到這些都是卑賤的小白臉特質，就讓我的心情更加低落，完全提不起勁。比起女人，我更想要的是錢，我心裡暗自想著的是要脫離靜子自立自強，並為此打算，但終究還是陷入只能依靠靜子的局面，離家出走後的一些爛攤子，幾乎全都是這個比男人還能幹的甲州女人幫我善後，結果我在靜子面前只能變得更加畏畏縮縮。

在靜子的安排下，比目魚、堀木以及靜子三人展開商談，我和家裡完全斷絕了關係，開始正大光明地跟靜子同居。此外，託靜子四處奔走的福，我畫的漫畫出乎意料地帶來了收入。雖然我總算可以用自己的錢買酒和菸，心中的不安與煩悶卻與日俱增。我一再陷入消沉，在畫靜子所委託的月刊雜誌連載漫畫〈金太與小田的冒險〉時，曾驀然想起故鄉的家人，只感到無比的徬徨無依，無法繼續下筆，低頭啜泣。

對當時的我而言，唯一的一絲救贖就是茂子。當時茂子毫無抗拒地稱呼我為「爸爸」。

「爸爸，人家說只要向上天祈禱，就能得到任何想要的東西是真的嗎？」

我才是那個想向上天祈禱的人。

唉，請賦予我冷酷的意志。賦予我看透「人類」本質的洞悉力。欺壓他人的人難道沒有罪嗎？請賦予我憤怒的面具。

「是呀，沒錯。上天會給茂子任何妳想要的東西，不過爸爸的話可能就得不到了。」

就連神都讓我感到畏懼。我無法相信神的愛，只能相信神的責罰。我覺得「信仰」不過是為了讓人接受上天的鞭笞、低頭邁向審判台而存在。我可以相信地獄的存在，卻無法相信天國的存在。

「為什麼不行呢？」

「因為我沒有乖乖聽爸媽的話。」

「是嗎？但大家都說爸爸是很好的人。」

那是因為所有人都被我騙了，我自己也曉得這棟公寓裡所有的人都對我抱有好感，然而，要對茂子說明我是多麼畏懼所有人、我愈是畏懼就愈被他人喜歡，而我愈被喜歡就愈是感到恐懼，結果不得不遠離眾人這樣不幸的病狀，是一件難如登天的事。

「茂子想向上天求些什麼呢？」

我若無其事地轉移了話題。

「茂子我呀，想要真正的爸爸。」

這番話讓我相當震驚，一時感到頭昏眼花。敵人。我是茂子的敵人，抑或是茂子是我的敵人，總之，現在在我眼前的是一個會威脅我的恐怖大人，他人，無法理解的他人、內心充斥著祕密的他人，在我眼中，茂子的臉在那瞬間看起來就像是這樣。

我原以為只有茂子是值得信賴的，但這人手上終究也握有「出其不意地擊斃牛虻的牛尾巴」。自那之後，我在茂子面前也變得不得不畏畏縮縮的。

「喂色魔！在嗎？」

堀木又開始上門來找我。雖然這男人在我離家出走那一天讓我感到無比落寞，但我卻無法給他閉門羹，只是帶著淺淺的笑容迎接他。

「你畫的漫畫挺受歡迎的嘛。業餘的人就是這樣天不怕地不怕的。不過你可別太得意忘形，你的素描可是一點都端不上檯面。」

他擺出了一副師父的樣子，我心中浮現一如既往的煩悶，心想著要是這傢伙看到我畫的「妖怪」畫，不曉得會是什麼表情。

「你別再說了，這樣的話我承擔不起。」

堀木的表情益發顯得洋洋得意。

「你靠的不過是你處世的才能，但那總有一天會露出破綻的。」

處世的才能。……我真的是只能苦笑了。原來我有處世的才能！不過像我這樣畏懼、閃躲、唬弄他人的人，看起來或許就跟把「多一事不如少一事」這句俗話奉為圭臬、伶俐狡猾的人沒兩樣吧。唉，人呀，這輩子或許根本就無法理解他人，還會在完全誤解對方的情況下，將對方視為摯友，終其一生對此渾然不覺，對方一旦死了，還會邊掉淚邊朗誦悼詞吧。

堀木見證了我離家出走後的善後場面（雖然他肯定是受靜子之託，而且還是心不甘情不願地答應），所以擺出一副幫助我重生的大恩人姿態，以為自己是月下老人，用一副理所當然的樣子向我說教。有時他還會在喝醉酒後深夜到我這裡來借宿，或是會來向我借五塊錢（肯定是五塊錢）。

「不過你呀，玩女人差不多也該收手了。你再胡搞下去，世人是不會容許的。」

所謂的世人，到底是誰？是三兩成群的人嗎？世人究竟實際存在於何處？一直以來我一直以為世人是既強悍、又嚴厲又可怕的一群人，然而就在被堀木這麼說以後，我突然理解了。

「所謂的世人，不就是你嗎？」

這句話差點脫口而出，但我不想激怒堀木，所以又把話給吞了回去。

（世人是不會容許這樣的事的。）

（不是世人不容許，是你不容許吧？）

（你要是這樣做，世人肯定不會讓你好過的。）

（不是世人，是你不會讓我好過吧？）

（世人會把你送進墳墓的。）

（會把我送進墳墓的不是世人，而是你吧？）

你才該好好反省你這個人有多恐怖、多奇怪、多狠毒、多黑心，跟老妖婆一樣詭計多端！這些話語在我心中來來去去，然而我只是用手帕拭去了臉上的汗，笑著這麼說。

「流了好多冷汗呢。」

然而，從那之後，我開始抱持著「所謂世人不就是個人？」這樣的想法。

就在我開始認為世人其實就是個人後，我變得比較能夠憑自己的意志行動。用靜子的話來說，我變得比較任性，也比較不那麼畏畏縮縮了。或是用堀木的話來說，我變得異常小氣。又或者是用茂子的話來說，我變得不再那麼疼她了。

我就這樣每天沉默寡言，板著一張臉幫忙照顧茂子。許多出版社開始發〈金太跟小田的冒險〉或是明顯就是抄襲《溫吞老爸》的〈溫吞和尚〉，又或是〈急性子的阿瓶〉這種標題莫名其妙的連載漫畫案子給我（我也開始接靜子的出版社以外的稿，但那些出版社發的案子全比靜子的出版社來得更上不了檯面，簡單來說都是些更加低俗的三流出版社），我接到了這些案子，實際上心情卻是相當鬱悶，眼下不過就是慢悠悠地（我作畫的速度相當慢）為了有錢買酒而畫，然後在靜子下班回家後跟她換手，出門到高圓寺車站附近的路邊攤，或是酒吧喝便宜的烈酒，在稍微打起精神後才回公寓去。

「妳的臉愈看愈怪呢。其實溫吞和尚的臉，靈感就是來自妳的睡相。」

「你的睡相看起來才顯老呢，活像個四十多歲的男人。」

「那還不都是妳害的，我的精力都被妳吸走了。人生似水流，有何好哀愁，川邊[14]。」

「別在那瞎鬧了，趕快睡吧。還是說你要吃飯？」

她不動如山，完全不把我當一回事。

「如果是酒的話，我就喝。人生似水流。人流與，不對，水流與水呀。」

我一面這樣唱著，一面讓靜子幫我脫去衣服，然後將臉埋向靜子的胸前睡去，這便是我的日常。

翌日又會開啟重複的循環，
只須遵循無異昨日的規範。
狂亂的喜悅如能夠規避，
巨大的哀傷自不會降臨。
如同蟾蜍遇上擋路石，只是繞行。

當我偶然讀到這首由上田敏[15]所譯、查爾斯・克羅[16]所寫的詩句時，一個人臉紅到要發燙。

蟾蜍。

（那就是我。無關乎世人是否容許，也無關乎是否會被送進墳墓。我是比貓

⑭ 明治後期的流行歌曲〈東雲節〉當中的一段歌詞。
⑮ 明治至大正期間的日本評論家，同時也是詩人與譯者。
⑯ 查爾斯・克羅（Guy-Charles Cros），十九世紀法國詩人。

狗還要低等的動物。蟾蜍。行動遲緩的蟾蜍。）

我的酒量愈來愈大。我不僅在高圓寺車站附近喝，還將範圍擴張至新宿、銀座，甚至就在外頭過夜，我不過就是個不遵循「規範」、賴在酒吧的無賴漢，見人就親；換句話說，我就跟殉情前一樣，不對，甚至是比那時還要放浪不羈，成了一個沒品的酒鬼，為錢所苦，甚至還開始把靜子的衣服拿去典當。

人生輾轉至此，看著那個破掉的風箏苦笑已成為一年多前的往事，我在櫻花謝去、櫻花樹迸出嫩葉之際，悄悄地將靜子的和服腰帶跟襦袢拿去當舖，換了錢後在銀座喝酒，接連著兩天在外頭過夜，但到了第三天晚上果然就覺得身體不舒服，於是我不自覺地壓低腳步聲，走回到靜子所住的公寓門前。門後傳來了靜子跟茂子說話的聲音。

「為什麼爸爸要喝酒？」

「爸爸他呀，不是因為愛喝酒才喝的。因為他是一個太好的人，所以……」

「好人都會喝酒嗎？」

「也不是這樣講……」

「爸爸看到了肯定會嚇一跳吧。」

「但他可能會不喜歡也說不定。妳看妳看，牠從箱子裡跳出來了。」

「跟急性子的阿瓶一樣呢。」

「是呀。」

門後傳來靜子聽起來由衷感到幸福的低笑聲。

我把門稍稍拉開，從縫隙中窺探，是一隻小白兔。只見牠在屋裡跳來跳去，母女倆追著牠跑。

（這兩個人是幸福的。我這個傻子闖進了她們的生活中，眼看就要把這兩個人的生活也搞得烏煙瘴氣了。樸實的幸福。她們是一對很棒的母女。唉，若是上天願意傾聽像我這種人的祈禱，就這麼一回就好，這一生中就那麼一回就好，我祈禱上天賜給她們幸福。）

那個當下我只想屈起身子合掌祈禱。我悄悄地將門拉上，走向銀座，此後再也不曾回到那間公寓。

之後，我又以小白臉的身分，在京橋附近一間簡易酒吧的二樓住了下來。

世人。我似乎已經可以隱約看穿何謂世人。世人的真相不過是個人與個人的對抗，而且是當下的對抗，人是絕對不會去服從另一個人的，就連奴隸也會使出奴隸才會使出的卑劣手段報復對方。人類除了在當下取得勝利以外，不懂得任何其他的生存法則。即使他們嘴上掛著頭頭是道的大道理，努力的目標肯定是針對個人，在超越了一個人後，接著又是另一個人。世人的難解等同於個人的難解，茫茫大海並非世人，而是個人。這樣的想法，讓我多少從對海中幻象般人世的畏懼中獲得解放，不再像以前一樣，無止盡地耗費不必要的心思；換句話說，我變得可以臨機應變，也變得比較厚臉皮了。

我在捨棄了高圓寺的公寓後，向京橋簡易酒吧的媽媽桑說：

「我跟她分了。」

我只說了這麼一句話，光是這麼一句話，就讓我在那個當下取得勝利，從那晚起，我就大剌剌地住進酒吧二樓。然後，本該讓人懼怕不已的「世人」，並沒有對我產生任何危害，我也沒有對「世人」做出什麼辯解。只要媽媽桑覺得行，就由不得他人置喙。

我看起來既像是店裡的客人，又像是店老闆，另一方面也像店裡的跑腿，又像媽媽桑的親戚。在旁人眼中看來應該是丈二金剛摸不著頭腦的存在，然而「世人」對此一點也不感到大驚小怪，之後店裡常客開始阿葉、阿葉地叫我，對我相當友善，還常常請我喝酒。

我對人世的態度開始變得漫不經心。我開始覺得，所謂的人世，其實也沒什麼好怕的。也就是說，自己過往所感到的恐懼，就像是在春風中感受到數以十萬計的百日咳桿菌、在大眾澡堂裡感受到數以十萬計讓人失明的細菌、在理髮店裡感受到數以十萬計讓人禿頭的細菌、在火車的握環上感受到疥癬蟲在爬動、或覺得在沒有烤熟的牛肉跟豬肉裡肯定藏有絛蟲的幼蟲、吸蟲或什麼的蟲卵，又或者是打赤腳走路時會踩到小玻璃碎片，那玻璃碎片竄入體內最後會刺進眼球，導致失明，這些不過都只是所謂的「科學迷信」帶來的恐懼。確實就「科學理論上」來說，有數以萬計的細菌在我們身邊四處飄散浮游，蠢蠢欲動。但同時，我也曉得，只要徹底無視這些細菌的存在，它們就與自己毫無關聯，瞬時間消失無蹤，不過是「科學的幽靈」罷了。如果便當裡頭吃剩下了三顆飯粒，以一千萬個人一天吃剩三粒來計算的話，等同浪費掉好幾包米；又或者一千萬個人每天節省一張面紙，不曉得可以省下多少紙漿。自己以往都被這些「科學統計」給牽著鼻子走，每回只要吃剩下一粒飯粒，或是每回擤鼻子時，都會為一種錯覺所苦，覺得自己浪費掉成堆的米飯跟紙漿，感覺犯下了重大罪行，陷入灰暗的情緒中。但那些不過是「科學的謊言」、「統計的謊言」跟「數學的謊言」，三粒米飯根本沒有辦法那樣子被匯集起來，做為乘法除法的應用題，這樣的命題真是既原始又低能。在沒有電燈的昏暗茅坑中，上廁所的人每幾次中會有一次不小心把腳踩空掉進坑裡？又或者是電車車門與月臺的間隙，每幾個乘客中會有一個人不小心踩空？那些命題就跟這些機率問題一樣愚蠢，即使是再有可能發生的事，我也未曾聽說過有人不小心在茅坑踩空受傷。截至昨日為止，我都將這些被視為「科學事實」所灌輸的假設，當作現實照單全收，感到惶恐不已。可是現在的我，已經看穿所謂人世的真實樣貌，只覺得昨日的自己真是既單純又可笑。

話雖如此，對我來說人還是可怕的，要見店裡的客人前，我總是得先灌下一杯酒，才邁得出步伐，因為我要見的可是恐怖的東西。即使如此，我還是每晚到店裡報到，就像是小孩子在面對讓他有點害怕的小動物時，反而會使把勁去捏緊一樣，我甚至開始在喝醉後，向店裡的客人吹噓蹩腳的藝術理論。

漫畫家。唉，但我不過就是個既感受不到狂亂喜悅，同時也沒有巨大悲傷的無名漫畫家。即使會遭逢多　巨大的哀傷，我內心還是急切地想要獲得狂亂的喜悅。但對我來說，眼下的喜悅就是跟酒吧客人閒扯些無關痛癢的話題，喝他們的酒而已。

我來到京橋後，這種無聊生活持續了將近一年，我所畫的漫畫不再限於兒童雜誌，也開始幫車站書報攤上會有的粗劣又不入流的雜誌畫插畫，我用上司幾太

（殉情未遂）[17]這樣惡搞的筆名畫一些難看的裸體畫，再插入一些《魯拜集》[18]中的詩句。

徒然的祈禱如能放棄
引起眼淚之物　請決然捨去
總之先乾一杯吧　只懷想美好過往
多餘的體貼可別忘記

以不安和恐懼脅迫他人的鼠輩
畏怯於自作的狂妄之罪
為了提防死者的復仇
只得絞盡腦汁地算計千回

昨夜　暢飲美酒令我心喜悅
今朝酒醒　僅剩荒涼伴隨
實為難解　相隔不過一夜
心境如此天差地別

忘卻神靈的咒詛
彷若遠方響起的太鼓
那傢伙顯得惶惶不安
若連區區小事都被定罪，則一切皆已回天乏術

⑰ 日文中「上司幾太」的發音近似殉情未遂。

⑱ 十一世紀波斯詩人奧瑪爾．海亞姆（Omar Khayyam）的四行詩集。太宰治所引用的是堀井梁步所譯之《魯拜集 異本留盃耶土》。應留意的是：該譯本與原文有較多相異之處，實際內容建議參閱費茲傑羅英譯本。

正義為人生的指南針？
那麼在鮮血塗地的戰場中
刺客尖銳的刀鋒上
又是什麼樣的正義由此而生？

指導原則何處可循？
睿智之光何等可尋？
遠離浮世雖美麗卻可懼
瘦弱人子被迫背負的重擔無盡

只因教人束手無策的情慾苦果被埋下
只因詛咒了善、惡、罪、罰

只因撒下了無可奈何的謊言
只因未被授予摧毀的力量與意志

你徬徨徘徊，是如何又在何處
批判、檢視、重新體認了何種事物？
一笑，將空虛的夢想、不切實際的幻象
二笑，將酒也忘卻了，萬般皆為虛幻的沉思

來吧，請看看這蒼渺的天空
你我皆如一粟漂蕩滄海之中
你可知曉地球為何自轉
自轉、公轉、反轉，一切不過恣意而成

感知至高無上之力於四海間
於所有國度所有民族之間
發現一致的人性
唯我一人獨為異端

眾人均對聖經有所誤解
若非如此，塵世間毫無常識與智慧可言
杜絕酒精，嚴禁肉身的喜悅
夠了穆斯塔法，這些禁令教我深惡痛絕

但當時，有個處女勸我別再喝酒。

「你這樣不行，每天一早就喝得醉醺醺的。」

她是一個十七、八歲的女孩，在酒吧對面一間小菸舖負責看店，名字叫做良子，她皮膚白皙，有著明顯的虎牙。每次我去買菸時，她總會笑著給我忠告。

「有何不可，這樣哪裡不對了嗎？今朝有酒今朝醉，人子呀，抹消抹消你的憎惡心，以前的波斯人是這樣說的。算了，別提這個，他們說呀，能撫慰因為悲傷而疲憊不堪的心的，就只有帶來微醺的玉杯，這樣妳懂不懂？」

「不懂。」

「妳這傢伙，小心我親妳喔。」

「你親呀。」

她毫不猶豫地將下唇給噘了出來。

「妳這小渾蛋，有沒有一點女孩子的矜持……」

然而看良子的表情，我明顯感覺到她是一個未經玷汙的處女。

過完年後一個酷寒的夜晚，我在喝醉酒後出門買菸，不小心踩進菸鋪前的人孔，出聲喊道「良子，快來救我！」結果良子把我拖了出來，幫我在右手臂的傷口上抹藥，當時她深切地說道：

「你喝太多了。」

她的臉上毫無笑意。

我自己是就算死了也無所謂，但是搞到受傷流血，變成要人照顧的人，心裡感到愧疚不已。良子一邊幫我抹藥時，我一邊心想：或許酒還是少喝點好。

「我要戒酒了。從明天開始，我滴酒不沾。」

「你這話當真？」

「我肯定會戒酒。我如果戒了酒，妳會嫁給我嗎？」

不過，嫁給我這話是開玩笑的。

「當好呀。」

當好是「當然好」的簡稱。當時流行很多像是什麼「摩男」、「摩女[19]」這樣的簡稱。

「好，就這麼說定了，我肯定會戒酒。」

到了隔天，我還是從白天就開始喝酒。

傍晚，我歪歪倒倒地出門，來到良子的菸舖前。

「良子，抱歉呀，我又喝酒了。」

「討厭啦，你幹嘛裝醉。」

我嚇了一跳。感覺酒都醒了。

「我說的是真的，我真的喝了，我沒有裝醉。」

「你別捉弄我了，真是壞心眼。」

良子對此深信不疑。

「妳自己看就知道，我今天也是從一早就開始喝了。妳別生氣呀。」

「你還真是會演。」

「我哪有演，妳這渾蛋，小心我親妳。」

「你親呀。」

⑲ 摩登男孩、摩登女孩的簡稱，意指走在時代尖端的年輕男女，為昭和初期的流行語。

「不要，我沒有親妳的資格。我也放棄要跟妳結婚了。妳瞧，我臉是不是很紅，我真的喝了酒。」

「那是因為夕陽的關係。說謊可是不行的喔。我們昨天已經講定了，所以你是不可能會喝酒的。我們約好了。說什麼你喝了酒，騙人騙人騙人。」

我看著坐在昏暗菸舖內良子微笑著的白皙臉龐，唉，不諳人世醜惡的處女是多麼地神聖呀。我至今未曾和比自己年紀小的處女睡過，結婚吧，不管在那之後會因此有多麼巨大的哀傷降臨，我希望此生至少一次也好，可以感受到處女的美好和狂亂的喜悅，雖然我也曾想過，那不過是愚蠢的詩人用過於天真的傷感所描繪的幻象，但我終究是一介凡夫俗子，結了婚，到了春天，我們兩人可以騎著腳踏車一起去看青葉瀑布，我就這樣當場下定了決心，以所謂「一招定勝負」的心情，毫不猶豫地摘下這朵花。

於是我們最後結了婚。我並未因此獲得多大的狂亂喜悅，可是在那之後降臨的哀傷，用淒慘這兩個字都不足形容，是遠超乎想像的巨大哀傷。對我而言，「人世」終究是深不可測且相當可懼的。人世絕非是你取得當下的勝利，此後便能高枕無憂，同時也絕非可容小覷的存在。

二

堀木與我。

我們雖有所往來卻又相互輕蔑，我們心甘情願地做這種無聊事，如果這便是人世間所謂的「交友」，我跟堀木之間無庸置疑是這樣的交友關係。

我就這樣仰賴著京橋簡易酒吧媽媽桑的仗義之心（在女人身上用仗義心這個詞可能有些奇妙，但就我個人的經驗來說，至少就都會男女來看，比起男人，女人要更來得有仗義之心。男人多半都畏畏縮縮，只會做表面功夫，而且還很小氣），娶菸舖的良子為妻後，我們在靠近築地、隅田川一棟兩層木造公寓的一樓租屋，展開兩人生活。我戒了酒，將精力專注在差不多穩定下來的漫畫工作上，吃完晚飯後，我們兩人會一起去看電影，回家路上順道到咖啡廳坐坐，有時還會買盆花。不，或許該說，順從這個打心底相信我的小新嫁娘所說的話，看著她的一舉一動帶給我許多喜悅。我逐漸開始活得像一般人，就在我心中逐漸萌生自己或許不會悲慘死去的天真想法時，堀木又突然出現在我面前。

「嘿！色魔？哎呀，怎麼看起來都快不認識你了。今天呀，我可是奉高圓寺女長官的命前來的。」

他話還沒說完，就突然將聲音壓低，用下巴往正在準備茶的良子的方向努了努，問我：「沒關係嗎？」

「沒關係，要講什麼都可以。」

我不疾不徐地回答。

說實話，良子真的是信任他人的天才。別說是我跟京橋酒吧媽媽桑的關係了，就連我跟她說起發生在鎌倉的事件，她對我跟常子間的關係也絲毫不做他想。並非我擅於撒謊，就算我開誠布公向良子坦承一切，在她耳裡那一切聽起來似乎都只是玩笑話而已。

「你還是一樣那麼自負，真是讓人討厭。也不是什麼大事，只是剛好有人託我傳話，叫我跟你說，有空來高圓寺玩。」

就在我逐漸淡忘掉過往之際，怪鳥又隨即展翅而來，用牠的鳥喙撕裂記憶中的傷口。過往恥辱與罪惡的記憶隨即歷歷在目，我只感到一股想吶喊出聲的恐懼，坐立難安。

「我們喝吧。」

我這麼說。

「好。」

堀木這麼回答。

我與堀木。我們兩人看起來相當相似。有時我會覺得我們倆就像是同一個模子刻出來一般。當然，那僅限於兩人一起四處遊蕩、暢飲便宜的酒時，總之，我們兩人只要碰了面，就會幻化成相同外型、毛色一致的狗，在降了雪的巷弄間四處遊蕩。

自從那天以來，我們再次延續過往的交流，一同造訪京橋那間小酒吧，到頭來我們這兩隻喝得爛醉的狗，還會堂而皇之造訪靜子在高圓寺的公寓，有時甚至就在那裡過夜。

我永遠忘不了那一天。那是一個悶熱的夏夜。那天傍晚，堀木穿著皺巴巴的浴衣來到我築地的公寓。聽他說，他因為手頭緊而把夏天的衣服給拿去典當了，但要是被他年邁的母親發現可能會不妙，所以想馬上贖回來，叫我借他錢。只是剛好我身上也沒有錢，因此照例隨便找了個藉口，把良子的衣服拿去典當，將換來的錢借給了堀木。借給堀木後還剩下一點錢，我便讓良子用剩下的錢去買燒酒，上了公寓的頂樓。隅田川吹來的微風帶著一股陰溝的臭味，我們就在那略顯骯髒的環境下舉辦了乘涼的宴席。

當時我們開始猜喜劇名詞跟悲劇名詞。那是我發明的遊戲，我的論點是，名詞既然有陽性名詞、陰性名詞跟中性名詞之分，那理所當然也該要有喜劇名詞與悲劇名詞之別。比方說，汽船跟火車都是悲劇名詞，而路面電車跟公車都是喜劇名詞。理由為何？只能說跟無法理解的人談藝術理論是對牛彈琴，光是在喜劇中放入一個悲劇名詞這一點，就足以讓劇作家被徹底否定，反言之悲劇也是一樣。

「準備好了嗎？香菸呢？」

我這麼問道。

「悲。（悲劇的簡稱）」

堀木當下如此反應。

「藥呢？」

「粉狀的還是顆粒？」

「注射的。」

「悲。」

「是嗎？荷爾蒙也可以用注射的。」

「沒這回事，毫無疑問是悲。光是有針這一點，就是不折不扣的悲了。」

「好，算我輸。不過我跟你說，藥跟醫生出乎意料地都是喜（喜劇的簡稱）。那死呢？」

「喜。牧師跟和尚也都是喜。」

「回得好。這樣的話生是悲嗎？」

「不是，生也是喜。」

「不對，你這樣說的話，一切不就都是喜了嗎。那我再問你一個，漫畫家呢？這你就不會說是喜了吧？」

「悲、悲。大悲劇名詞！」

「什麼嘛，你才是大悲劇呢。」

雖然講著講著，就變得好似蹩腳的冷笑話，相當無聊，可是我們還是洋洋自得地感覺，這遊戲是過去未曾出現於世界這個大沙龍、挺有格調的東西。

當時我還發明了另一個類似的遊戲，就是猜反義詞。黑的反（反義詞的簡稱）是白。但白的反是紅，紅的反是黑。

「花的反是？」

聽見我這麼問，堀木歪著嘴沉思。

「嗯……有間餐廳名叫花月，所以是月。」

「不對，這樣沒有反，反而變成同義詞。星星跟紫羅蘭[20]不也是同義詞嗎，不是反。」

「我知道了，那就是蜜蜂。」

「蜜蜂？」

「牡丹配……螞蟻嗎？」

「什麼嘛，那是作畫的主題呀，你別打馬虎眼。」

「我曉得了！花要對雲。」

⑳ 天上的星星與地上的紫羅蘭分別象徵了愛與熱情，此為明治時期日本浪漫派主義詩人所創造的說法。

「應該是月有陰雲才對吧[21]。」

「對對，花要對風。是風。花的反是風。」

「你這樣不行，那不是浪花節[22]裡頭出現的歌詞嗎。你這番話讓人把你的底細都給摸得一清二楚了。」

「那琵琶。」

「琵琶更不對。花的反是……應該是這世上最教人聯想不到花的東西，你應該往那樣的方向想。」

「所以說……等等，什麼嘛，是女人呀。」

「順便問你，女人的同義詞是？」

「內臟。」

「你真是一點詩意都沒有。那內臟的反是？」

「牛奶。」

「答得好，那乘勝追擊再來一個。羞恥，羞恥的反是什麼。」

「就是不知羞恥。流行漫畫家上司幾太。」

「不是堀木正雄嗎？」

話鋒至此，我們兩人愈說愈笑不下去，我逐漸感受到一股陰鬱感，那是喝燒酒喝到醉時才感受得到、腦袋裡頭充滿碎玻璃片的感覺。

「你少在那自以為是，我可不像你犯過罪被用繩子綁起來過。」

我感到相當吃驚。堀木在心底根本就沒有把我當成一個人看過，在他眼中我不過是個殉情未遂、不知羞恥的愚蠢怪物，也就是所謂的「活屍」[23]。而他為了自己的快樂盡其所能利用我，我跟他就是這樣的「交友」關係。我一想到這裡就覺得難受，不過話說回來，堀木會這樣看待我，也是因為我從小就一直是一個不配為人的小孩，會被堀木輕蔑或許再理所當然不過，自己在心中如此轉念想道。

㉑「月有陰雲花有風」為日本諺語之一，意為好景不常。

㉒浪花節又稱浪曲、難波曲等，是日本的一種說唱藝術。

㉓托爾斯泰的劇作名。

「罪，罪的反義詞是什麼。這題很難喔。」

我裝出一副若無其事的樣子說道。

「法律。」

堀木理所當然地回答，我再次審視堀木的臉。附近大樓閃爍的紅色霓虹燈在堀木的臉上忽明忽滅，他彷彿一個可怕的刑警，看起來相當有威嚴。我驚訝到一句話也說不出來。

「所謂的罪，不就是你嗎？」

說什麼罪的反義詞是法律！不過或許世人都是懷抱如此單純的想法過活，以為沒有刑警所在之處就是犯罪的溫床。

「那要不你說是什麼？是神嗎？你呀，時不時會講一些帶有宗教意味的話，讓人很不舒服。」

「你不要那麼輕鬆帶過，我們再一起想想。你不覺得這是很有趣的話題嗎？感覺這個問題的答案可以讓人看透回答者的一切。」

「怎麼可能……罪的反就是善，善良的市民。換言之就像是我這樣的人。」

「你別說笑。善才是惡的反，不是罪的反。」

「你現在是要說惡跟罪不一樣嗎？」

「我覺得不一樣。善惡的概念是人類發明的，是人類擅自發明的道德語言。」

「你還真囉唆，那這樣不就還是神。神、神、神。不管是什麼，反正只要扯到神上頭就沒錯了。我肚子餓了。」

「良子現在在樓下煮蠶豆。」

「謝天謝地，我最愛蠶豆了。」

我將雙手枕在頭後方，仰躺了下來。

「你似乎對於罪一點興趣也沒有。」

「那當然，我不像你是罪人。我雖然不正經，可是不會讓女人走上絕路，也不會從女人身上拿錢。」

我沒有逼女人走上絕路，也沒有從她們身上拿錢，即使在我心中浮現了這樣幽微卻又強烈的抗議，可是我的習性卻又馬上讓我覺得，沒錯，一切都是自己不好。

我終究無法與堀木正面硬碰硬。喝燒酒喝到醉後帶來的陰鬱感，讓我的情緒逐漸變得強烈，我拚了命壓抑自己的情緒，幾乎像是自言自語一樣地這麼說道。

「不過，只是被關進監獄裡頭並不構成罪，我感覺只要了解什麼是罪的反，就能看清罪的真相……神、……救贖、……愛、……光明、……但神的反是撒旦，救贖的反是苦惱，愛的反是憎恨，光明的反是黑暗，善的反是惡，罪與祈禱、罪與悔恨、罪與自白、罪與、……唉，這些全是同義詞，罪的相反到底是什麼？」

「罪的相反就是蜜[24]，罪就跟蜜一樣甜滋滋的。啊肚子餓了，你去拿點什麼吃的過來啦。」

「你不會自己去拿嗎！」

我帶著一股幾乎是生平第一次有過的怒氣這樣回答他。

「好，那我就到樓下去，跟良子兩個人一起犯罪。坐而言不如起而行。罪的反是蜜豆，不對，是蠶豆。」

他已經醉到口齒不清了。

「隨便你，你趕快從我面前消失！」

「罪和肚子餓、肚子餓和蠶豆，不對，這是同義詞喔。」

堀木一邊胡言亂語，一邊起了身。

罪與罰。杜斯妥也夫斯基。這兩個詞突然閃過了我腦海，讓我吃了一驚。如果杜斯妥也夫斯基所言的罪與罰不是同義詞，而是反義詞的話呢？罪與罰，這兩者毫無共通點且水火不容。將罪與罰做為反義詞思考的杜斯妥也夫斯基，他筆下的水綿、腐臭的水池、亂麻糾結的內心深處……啊，我好像想通了，不對，還是搞不清楚……就在這一切彷彿走馬燈閃現於我的腦海時，傳來了堀木的聲音。

㉔ 在日文中將「罪」的反過來唸恰好同「蜜」的發音。

「喂，蠶豆大事不妙了。你跟我來！」

堀木的聲音跟表情都不一樣了。他才剛步伐踉蹌起身到樓下去，又馬上折返了回來。

「怎麼了。」

空氣中有股異樣的殺氣，我們兩人從頂樓下到二樓，再從二樓下到一樓的租屋處的樓梯間，堀木停下了腳步。

「你看！」

他一邊用手指著，一邊低聲說道。

租屋處的小窗是開著的，從小窗可窺探到裡頭。屋內燈是亮著的，有兩隻動物在裡頭。

我感到一陣頭暈目眩，那是人，那是人。我甚至忘了要感到驚嚇，只是猛烈地呼吸，在心中如此暗自低語。我甚至忘了要上前去把良子救出來，只是傻傻地站在樓梯間。

堀木用力地清了一下喉嚨。我像逃跑似地一個人奔回頂樓，躺了下來，仰望看似就要下雨的夏日夜空。當時迎面而來的情緒既非憤怒，也非厭惡，也不是悲傷，而是一種強大的恐懼。那恐懼並非在墓地看見幽靈出現的恐懼，而是一種彷彿在神社裡的杉樹林間，看見身著白衣的神靈，是一種讓人不由分說、來自於遠古的強烈恐懼。我的少年白髮自那晚起冒了出來，我開始對一切喪失了自信，對人產生無止盡的猜疑，同時也徹底喪失活在這個人世間所有的期待、快樂與共鳴。那是左右了我人生的一起事件。我的額頭從中央到眉間被劃了開來，打那一天起，無論接近任何人，這道傷口都會隱隱作痛。

「我很同情你，但你自己看到應該也多少心知肚明了。我不會再上你這來了，這裡跟地獄沒有兩樣。……不過，你得原諒良子，因為你自己也不是什麼正經的傢伙。恕我失陪了。」

堀木他不是那種少根筋的人，不會不識相地在不宜久留的尷尬場合賴著不走。

去。

我起了身，一個人喝著燒酒，然後開始放聲大哭。我可以永無止盡地哭下

良子不知何時來到了我身後，捧著堆滿蠶豆的盤子，失神地站著。

「他原本說，他不會對我怎麼樣……」

「算了，什麼都別說。妳是不曉得要懷疑別人的人。坐下吧，吃豆子吧。」

我們並肩坐下吃著豆子。唉，信任是罪嗎？對方是一個委託我畫漫畫、沒念什麼書的三十歲左右矮小商人，總是擺著架子來給那少許稿費。

那個商人此後再也不曾來過，而我不知為何，比起對那個商人感到憎恨，我反倒對最先目擊現場的堀木沒有在那個當下大聲清喉嚨，而是就這樣什麼也不做地回到頂樓這件事更加憤怒，我甚至會在無法成眠的夜晚，因為難以消化的情緒起身痛苦呻吟。

這件事無關乎原諒不原諒。良子是信任的天才，她不懂得懷疑他人。但正是如此才悲慘。

我向上蒼問道。信任也是一種罪過嗎？

比起良子被玷汙，良子對於他人的信任被玷汙這件事，成為了日後讓我幾乎活不下去、長期困擾我的心頭刺。對我這種看起來畏畏縮縮、老是看他人臉色過活，已經沒有信任他人能力的人來說，良子那純潔的信任感，就像是青葉瀑布一樣清澈，然而那卻在一夜之間化為汙黃的濁水。看吧，良子她自那晚以來，對於我的一舉一動變得異常敏感。

「喂。」

我只要一這麼出聲，她就會嚇一跳，一副不曉得該將視線放在何處、不知所措的樣子。不管我怎麼努力逗她開心，或是說一些玩笑話，她總是看起來坐立難安，戰戰兢兢的，甚至還開始用敬語對我說話。

純潔的信任感，是否為罪惡的源泉？

我開始找許多人妻被侵犯的故事來讀，然而沒有一個人像良子一樣，是以如此淒慘的方式被玷汙。但說到底，這起事件就連故事也稱不上。那個矮小的商人如果跟良子之間有些什麼情愫的話，或許我還會覺得好過一些，可是那個夏天的夜晚，良子相信了他，而且就只發生過這麼一次，然而我的額頭到眉間就這樣被劃了開來，聲音變得嘶啞，開始冒出少年白髮，良子則是一輩子都得這樣坐立難安地度日。絕大多數的故事都把重點放在丈夫是否原諒妻子的「行為」，但這對我來說並不是什麼大問題。原諒或是不原諒，手上握有這種權利的丈夫是很幸運的，如果覺得難以原諒的話，也毋須鬧得沸沸揚揚，就乾脆地跟妻子離婚；而如果無法離婚的話，那就是「原諒」且隱忍。不管是什麼選擇，我感覺單純憑藉為人夫一念間的抉擇，就得以讓事情圓滿落幕。也就是說，這樣的事件儘管會帶給丈夫相當大的衝擊，但也就僅止於「衝擊」，我感覺這個問題並不像是會再三拍打回岸邊的海浪，而是可以透過握有選擇權的丈夫的憤怒獲得解決。然而，我們的情況是，為人夫的沒有任何權利，只要細想，就會覺得一切都是錯在我。不要說是憤怒了，我就連一句怨言也說不出來，自己的妻子是因為身上罕見的美好特質被侵犯，而那美好的特質，是為人夫的我打從以往就為之傾倒的純潔信任感，是讓人憐惜不已的特質。

純潔的信任感是罪過嗎？

就連這項唯一得以相信的美好特質，都讓我開始產生懷疑，讓我不知該如何是好，只能耽溺於酒精中。我的相貌逐漸變得猥瑣，一早就開始喝燒酒，喝到牙齒都掉了，也開始畫一些近乎下流的畫。不，我乾脆明說好了，我開始仿造春畫私下販賣，因為我需要買燒酒的錢。每看到刻意避開我的視線、老是坐立難安的良子，我就會想，這個對他人絲毫沒有戒心的女人，跟那個商人會不會不只睡過一次？會不會跟堀木也有一腿？說不定還跟自己不認識的人有染？疑慮不斷催生出新的疑慮，話雖如此，我卻沒有質問的勇氣，在長期以來折磨我的不安與恐懼中痛苦掙扎，只能喝燒酒把自己灌醉，既卑微又戰戰兢兢地提問一些誘導性問題，內心因此愚蠢地大起大落，然而表面上還是一樣扮演小丑，然後開始可鄙地對良子進行彷彿地獄般的愛撫，在那之後像攤爛泥一樣沉沉睡去。

那一年的年底，我在深夜喝得爛醉回到家後很想喝糖水，可是當時良子已經睡下，我便擅自將糖罐找出來，打開蓋子後，發現裡頭沒有砂糖，只裝著一個細長的黑色小盒子。我不經意地將盒子掏出來，看見盒子上頭貼的標籤後不禁愣住。那標籤被人用指甲摳掉了一半以上，但是英文字還留著，上頭清楚寫著：DIAL。

DIAL。當時我猛喝燒酒，幾乎沒有服用安眠藥，不過因為我有失眠的毛病，所以對安眠藥也略有涉獵。光是這一盒 DIAL 的量就足以讓人致死。雖然尚未開封，但良子肯定是準備了哪一天要用才放著，而且為了不讓我發現，才會將標籤摳掉一半。真是可憐，良子她因為讀不懂標籤上的英文字，才會只將標籤摳掉一半，以為這樣就不會被發現。（妳並沒有錯。）

我靜靜地在杯中斟滿水，然後慢慢打開盒子，一口氣將藥倒入口中，不疾不徐地飲盡杯中水，熄燈後倒頭睡去。

據說我像是死了一樣躺了三天三夜。聽說醫生將這件事當作誤服藥物處理，並沒有通報警察。還聽說，我醒來後吐出口的第一句話是：我要回家。說的是哪裡的家，就連我自己也不曉得，總之，我好像在說完這句話後，就開始放聲痛哭。

眼前的霧逐漸散去後，我看見比目魚臭著一張臉坐在我的枕邊。

「上次也是發生在年底，這個時間點大家都忙得不可開交，他卻老挑在這節骨眼，事情發生的當天真的是折騰死我了。」

聽比目魚說話的，是京橋酒吧的媽媽桑。

「媽媽桑。」

我開口喊了她一聲。

「嗯，怎麼了？你醒過來了嗎？」

媽媽桑掛著笑容，湊到我面前這麼說。

我的淚水不斷湧出來。

「讓我跟良子分手。」

我的嘴裡吐出了這麼一句話，連我自己也感到意外。

媽媽桑起了身，微微地嘆了一口氣。

接著，我又吐出了這麼一句出乎意料、既好笑又愚蠢到難以形容的話。

「我要去沒有女人的地方。」

比目魚馬上哇哈哈地放聲大笑出來，媽媽桑也呵呵地笑出聲，我也邊流淚邊羞紅了臉，在一旁苦笑。

「沒錯，這樣就對了。」

比目魚一邊不知節制地笑著，一邊這麼說。

「你適合去沒有女人的地方。你身旁要是有女人就會闖禍，真虧你可以想到那麼好的主意。」

沒有女人的地方。然而，我萬萬沒想到日後自己這句愚蠢的胡言亂語，竟以一種相當陰暗悲慘的方式實現。

良子似乎以為我代她喝下了安眠藥，在那之後戰戰兢兢的程度，比起先前有過之而無不及，不管我說什麼都無法讓她發笑，她也幾乎不跟我說話，我感到待在家中相當煩悶，於是又故態復萌，開始到外頭喝便宜的酒。然而，自從這起事件以來，我的身體明顯瘦了下來，手腳經常感到無力，也荒廢掉漫畫的工作。比目魚前來探病時留下了一筆錢（比目魚說那是他的一點心意，一副是他出錢的樣子，但實際上好像也是家鄉的哥哥們寄來的錢。當時的我跟從比目魚家中逃出來那時不可同日而語，已經完全可以看穿比目魚煞有介事的演技；不過我也裝作一副不知情的樣子，高明地向比目魚道謝。然而，為何比目魚要把事情搞得如此複雜，我依舊是似懂非懂，只覺得相當奇怪），我用那筆錢毅然決然前往南伊豆的溫泉鄉旅行，然而我並不是那種有閒情逸致泡溫泉的人，一想到良子，內心就覺得無限哀戚，一點也無法心平氣和地從下榻的房間欣賞遠山美景，因此既沒換上和服棉袍，也沒去泡溫泉，反而跑到外頭不太乾淨、類似小茶店的地方，大喝特喝燒酒，結果只是把身體狀況搞得更差，就這樣回到了東京。

一天晚上，東京降下了大雪。我喝醉酒，在銀座的巷弄間行進之際，一邊低聲地反覆唱道，「此處距離故鄉數百里遠、此處距離故鄉數百里遠[25]」，一邊用鞋子踢著不斷積起來的雪，下一瞬間我吐了出來。那是我第一次咳血。大大的日本國旗就這樣浮現在雪地上。我就這樣蹲了好一陣子，然後將沒有染上血的雪用兩手挖捧起來，邊用雪洗臉邊哭了出來。

這裡是通往何處的小路？

這裡是通往何處的小路？

從遠處微微傳來好似幻聽般的小女孩哀怨歌聲。不幸。這世上充斥著許許多多不幸的人，不，要說這世上幾乎全是不幸的人也不為過，然而，這些人可以堂而皇之將他們的不幸向世人訴說，而「世人」也可以輕易理解、同情那些人的不幸。但我的不幸，全都是出於自身的罪惡，因此無法向任何人抗議。要是自己口齒不清地吐出一句近似抗議的話，即使比目魚不吭聲，世人肯定也會不可置信地在內心想著，這傢伙也真敢說。我究竟是世人口中的「為所欲為」，還是相反地，只是過於軟弱？就連我自己也搞不清楚。但總之，我似乎是集罪惡於一身的人，只會自發地持續走向不幸，沒有任何手段得以阻攔。

我站起身來，心想總之得拿點什麼藥來吃，於是踏進了附近的藥房。就在跟藥房老闆娘對上眼的瞬間，老闆娘像是被閃光燈照到一樣，抬起頭來瞪大了眼睛，只是呆立著。不過，在她圓睜的雙眼中不見絲毫錯愕，或是厭惡，只有一種像是要尋求救贖、又好似愛慕的神情。啊，這個人肯定也是不幸的人，因為不幸的人對他人的不幸是相當敏感的。就在我這麼想的同時，才注意到她是拄著松葉杖不穩地站著。我克制住想要走上前的情緒，在跟老闆娘相互對望時，流下了眼淚。結果，老闆娘大大的眼中也開始不斷湧出了淚珠。

我不發一語步出那間藥房，步履踉蹌地回到了租屋處，喝下我要良子幫我準備的鹽水，默默地睡去。隔天我撒謊說自己感冒，一整天躺在床上，但到了晚上，我對自己咳血的祕密感到極度不安，於是起了身，又到了那間藥房，笑著向老闆

㉕ 日俄戰爭時期所流行的軍歌〈戰友〉當中的歌詞。

娘據實以告以往至今的身體狀況，尋求她的建議。

「你得戒酒才行。」

她好似我的家人一樣。

「我覺得我有可能是酒精中毒，我現在也想喝酒。」

「那可不行，我先生他明明染上肺結核，卻說什麼酒可以殺菌，沉溺於酒精中，親手葬送掉自己的生命。」

「我很不安，又很害怕，實在是戒不了酒。」

「我送你藥。酒你就戒了吧。」

老闆娘（她是個寡婦，有一個在千葉不曉得哪所醫大唸書的兒子，但沒多久就染上跟父親同樣的病，現正休學住院中，家裡頭則有個因為中風臥床不起的公公，而老闆娘自己則是在五歲時染上小兒痲痺，因而有一隻腳不良於行）咚咚咚地拄著松葉杖，為我從這一處的櫃子、那一處的抽屜中取出各式各樣的藥品。

「這是造血劑。」

「這是維他命的注射劑，注射器在這裡。」
「這是鈣片。這是讓你不傷胃的胃藥。」
這是什麼什麼、那是什麼什麼，她相當用心地向我介紹了五、六種藥，然而這位不幸老闆娘的好意，對我來說還是太過沉重。
最後，老闆娘說，這是在真的想喝酒想到無法控制時用的藥，她將一個用紙包起來的小盒子迅速遞給我。
那是嗎啡的注射劑。
老闆娘還說，比起酒，嗎啡的毒害沒有那麼大，我聽信了她的話。那個當下我正好覺得喝酒實在不可取，很久不曾因為可以脫離酒精的撒旦魔掌而感到開心，於是毫不遲疑地將嗎啡往自己的手臂注射進去。我的不安、焦慮、靦腆被徹底抹消，頓時成為一個既開朗又能言善道的人。此外，注射嗎啡還能讓我忘卻身體的衰弱，專心在漫畫的工作上，接二連三浮現出就連在作畫中的自己都會笑出來的絕佳創意。

我一開始只打算一天注射一次，但在次數逐漸增為兩次、四次時，自己已經變得不靠嗎啡就無法工作了。

「不行呀，要是上癮的話，會很棘手的。」

我聽藥房老闆娘這麼說時，感覺自己已經上癮了（我對別人的暗示相當沒輒，要是有人對我說，「這錢不能亂花，不過你呀，大概沒得指望」，我就會產生一股好像不花掉這錢就對不起別人、不用掉就會違背他人期待的奇妙錯覺，最後肯定會把那筆錢花掉），但卻反而因為上癮帶來的不安，開始渴望更多的劑量。

「拜託！再給我一盒。我到月底一定會付錢的。」

「你什麼時候付我錢都沒關係，但麻煩的是警察呀。」

唉，我似乎總散發出一股混濁陰暗、行跡可疑的邊緣人氣息。

「警察那邊，就拜託妳隨便矇混過去，拜託啦，老闆娘。不然我親妳作交換嘛。」

老闆娘紅了臉。

我又乘勝追擊說道，

「沒那藥，我就完全無法工作了，對我來說那就跟提神劑一樣。」

「如果是這樣的話，你要不要乾脆改注射荷爾蒙？」

「妳別說笑了，只有酒跟那藥可以讓我工作。」

「你不能喝酒。」

「是吧！自從用了那藥後我就滴酒不沾。拜此所賜，我的身體狀況也好轉很多。我自己也不想一輩子畫蹩腳漫畫，今後我要戒酒養好身體，好好專研畫作，我肯定會成為一個了不起的畫家給妳看。現在正是關鍵的時刻，所以我拜託妳了，不然我親妳作交換嘛。」

老闆娘笑了出來。

「真是拿你沒辦法。你要是上癮了可不關我的事喔。」

她拄著松葉杖咚咚地移動，將嗎啡從抽屜中取出。

「我沒辦法給到你一盒。你總是一口氣就用完，給你半盒就好。」

「真是小氣，算了，半盒就半盒。」

我回到家後，馬上就注射了一管。

「注射不痛嗎？」

良子戰戰兢兢地這樣問我。

「當然痛呀。可是為了提升工作效率，就算痛也得注射。妳不覺得我這陣子很有精神嗎？好了，做事做事。」

我興高采烈地這樣回答。

我還曾經深夜去敲藥房的門，劈頭就抱住身穿睡衣、咚咚咚地拄著松葉杖前來開門的老闆娘，開始吻她，然後裝哭。

老闆娘不發一語地遞給我一盒藥。

就在我深切體認到藥物跟燒酒一樣，不，或許該說是有過之而無不及，是既棘手又有害的東西時，我已經徹徹底底地成癮了。我不知羞恥到了極致，為了取得嗎啡，我又開始仿造春畫，並且跟藥房那位身障的老闆娘發展出如同字面上的醜陋關係。

我好想死，真的想就這樣一死了之，一切都無法挽回了，現在不管做什麼、怎麼努力，都是徒勞，不過是持續增添恥辱罷了。我已經沒有資格奢望能騎著腳踏車去看青葉瀑布，現在的我，只不過是在骯髒的罪過上持續積累可恥的罪過，加深自己的苦惱罷了。即使我認定了自己想死、非死不可、自己只要活著就會製造罪惡，卻依舊以一種半發狂的姿態，往返於租屋處與藥房之間。

無論我怎麼工作，嗎啡的用量也同時伴隨著工作量遞增，積欠的帳單金額攀升為可怕的數字，老闆娘只要看到我就會掉淚，而我也跟著一起流淚。

地獄。

我下定決心想要一搏上天是否存在，寫了一封長長的信給家鄉的父親，向他告解發生在自己身上所有的一切（只不過我終究無法坦承女人的事），將此做為逃離地獄的終極手段，如果就連這個方法也失敗，我就只剩下自盡這條路可走。

然而，寫了信反而帶來反效果，無論我怎麼等候都毫無回音，且因為焦慮與不安，用藥量有增無減。

一天下午，我下定決心當晚要一口氣注射十管嗎啡，然後就跳河自盡。可是比目魚好似以惡魔的直覺察覺此事般，突然帶著堀木出現在我面前。

「聽說你咳血了。」

堀木盤腿坐在我面前這麼說，他的臉上掛著至今我未曾看過的親切微笑。那親切的微笑彷彿即時雨一般讓人感到喜悅，我忍不住別開臉，流下淚來。他這麼一個親切的微笑就讓我徹底卸下防備，同時也葬送了我的人生。

他們讓我坐上車。比目魚以平靜的口吻（那口吻平靜到讓人覺得滿懷慈悲）對我說，你現在非住院不可，相關事宜我們會幫你處理，而我就像喪失了個人意志跟判斷一樣，一邊啜泣、一邊唯唯諾諾地將這兩人的意見照單全收。加上良子，我們一行四個人一路搖搖晃晃搭了好久的車，在天色暗下之際，抵達森林中一間大醫院的門口。

一開始我以為那是肺結核的療養院。

一位年輕的醫生以一種讓人不舒服的溫和跟謹慎的態度為我看診，看完診後他說，

「這個嘛，就暫時待在這裡靜養吧。」

他以一種近似靦腆的微笑這麼說道，比目魚跟堀木還有良子，就這樣留下我一個人離開了。良子將裝有換洗衣物的包袱遞給我後，默默地從腰帶間掏出注射器跟剩下的嗎啡。她可能真的一直以為這是提神劑吧。

「不用，我不需要這個。」

這樣的回答在我來說實為難得。因為在我的人生中，可以說唯有這麼一次婉拒了他人的提議。我的不幸是一種出自於無法拒絕他人的不幸。我的內心始終為一股恐懼所束縛，覺得一旦拒絕了他人，不管是在對方心中，或是自己心中，都會留下永遠難以修補的掃興裂痕。然而，當時我卻極為自然地拒絕了自己一直近乎瘋狂渴求的嗎啡。或許我是被良子那所謂「近乎全知的無知」給打醒了吧。也可能在那個當下，我已經擺脫了嗎啡的癮頭了。

在那之後，那位帶著近似靦腆微笑的年輕醫生把我帶到某棟醫院大樓的病房，喀嚓一聲地就將門給鎖上。那裡是精神病院。

我在服下安眠藥後說「要去沒有女人的地方」這句愚蠢的傻話，竟神奇地以這種方式成真。這棟大樓裡只有男精神病患，醫護人員也全是男的，一個女人也沒有。

現在的我已經不是罪人，而是狂人了。不對，我沒有發狂。我一時半刻也沒有發狂過。唉，不過瘋子多半都堅稱自己不是瘋子。也就是說，被關進這間醫院的人是精神有問題的人，而沒有被關進來的，都是正常人。

我質問上天，順從也是一種罪過嗎？

在堀木那不可思議的美麗微笑前我哭了出來，忘卻了判斷和抵抗，就這樣上了車，被帶到此處，就此成為一個狂人。即使現在我脫離了此處，依舊也是個狂人，不，應該說我的額頭上已被烙下了廢人的烙印了。

不配為人。

我已經徹底地不是人了。

我剛來到此處時還是初夏，透過鐵窗可以看見醫院院子裡的小池子中盛開著紅色的睡蓮，在那之後過了三個月，院子裡的大波斯菊花開之際，家鄉的大哥出乎意料地出現，帶著比目魚來把我帶走。大哥以他一如往常的嚴肅、同時又略顯緊張的口吻說，父親在上個月底已經因為胃潰瘍過世，我們不追究你的過去，你也無需操煩生活，你什麼也不需要做；唯一的條件是，不管你有哪些留戀，都馬上得離開東京，回到鄉下過療養生活，你在東京留下的爛攤子，澀田會幫你處理，這點你不用擔心。

我好似在眼前看見了家鄉的山水，於是輕輕點了點頭。

無庸置疑的廢人。

在得知父親的死訊後，我彷彿一顆洩了氣的氣球。父親已經不在這個人世上了，那個在我內心始終陰魂不散、既讓人懷念又教人生畏的存在，已經消失無蹤了。我感覺塞滿自己心口的煩惱一下都被抽空，那些煩惱之所以沉重，我感覺全是父親所造就的。自己彷彿喪失了目標一般，就連煩惱的能力都消失了。

大哥如實地實現了他對我許下的承諾。從我生長的小鎮開車南下四、五個小時處，有個在東北地區極為罕見、靠海的溫暖溫泉鄉，大哥在那個村落的外圍為我買下了為數五間的茅屋，那幾棟屋子感覺屋齡相當老，牆壁有多處剝落，柱子上也可見被蟲啃咬的痕跡，破舊到讓人不知該從哪下手整修。此外，他還配了一個年近六十的紅髮醜女幫傭給我。

那之後三年時光流逝，在那段期間，我被那位名為阿鐵的老女幫傭侵犯了好幾次，跟她之間時不時會起像是夫妻鬥嘴的爭執，而我的肺病也是時好時壞，體態忽胖忽瘦，時不時還是會咳血痰。昨天，我讓阿鐵幫我去村子裡的藥房買卡爾莫汀，可是她買回來的藥盒子跟平時看起來不一樣，我並未多加留意，睡前吞了十顆藥後依舊無法成眠，正感到納悶之際，突然覺得肚子不舒服，急急忙忙趕到廁所後猛拉肚子，在那之後一共跑了三次廁所。我感到可疑，拿起裝藥的盒子仔細一看，才發現那是名為赫諾莫汀的瀉藥。

我仰躺下來，將熱水袋放到肚子上對阿鐵發牢騷。

「妳呀，我要妳買的藥不是赫諾莫汀，是卡爾莫汀。」

我話才說出口，就不住地呵呵呵地笑了出來。「廢人」似乎是個喜劇名詞。我為了助眠服下了瀉藥，而且那瀉藥的名字還叫做赫諾莫汀。

現在的自己既非幸福，但也非不幸。

一切不過都是過眼雲煙。

我在這所謂的「人世」，一路痛不欲生地活過來，唯一所感受到的真理，僅此而已。

一切不過都是過眼雲煙。

我今年年屆二十七。因為白髮不斷增生，在多數人眼中，像是已有四十歲以上的年紀。

後記

我並不認識寫下這部手記的狂人，可是我與感覺應該是手記中那位京橋簡易酒吧媽媽桑的人物稍有交情。她的身材嬌小，看起來氣色不是很好，有著細細的鳳眼跟高高的鼻子，要說是美女，不如說像是個美男子，是感覺很正經八百的一個人。這部手記中所描述的應該是昭和五至七年左右的東京。一位朋友曾帶我造訪過那間京橋的簡易酒吧兩三次，我們在那裡暢飲高球雞尾酒的當時，是日本「軍部」正開始肆無忌憚地伸出魔爪的昭和十年前後，也因此，我未曾見過寫下這部手記的男人。

然而，今年二月，我造訪了被疏散至千葉縣船橋市避難的朋友。那位朋友是我大學時期的同學，目前擔任某女子大學的講師。其實我是要託那位朋友替家人說媒，除此之外，也想順道買一些新鮮海產給家人吃，才因此背上背包前往船橋市。

船橋市是一個緊鄰泥海的寬廣城市。我向當地人詢問剛搬至此處的朋友家在何處，卻無人知曉。因為天氣冷，我背著後背包的肩膀開始痛了起來，同時也被黑膠唱片的小提琴聲所吸引，於是推開了一間咖啡廳的門。

我感覺咖啡廳的老闆娘相當面熟，出聲詢問後，才發現原來她就是十年前京喬那間簡易酒吧的媽媽桑。媽媽桑好像也隨即想起了我是誰，我們倆對此大吃一驚笑了出來，然後展開在這種場合下慣有的寒暄，互相詢問空襲避難的經驗，彼此都略顯自豪地暢談起往事。

「我真的都認不出妳了。」

「沒這回事，我都老太婆了，身體到處都是毛病。你才是一點都沒變老呢。」

「妳過獎了，我都有三個孩子了。今天是來幫那幾個小毛頭買東西的。」

我們就這樣聊著久別重逢的客套話，互相探聽彼此共同朋友的下落，說著說著，媽媽桑突然口氣一變，問我是否認識阿葉。我說不認識，接著媽媽桑就進到裡頭，手上拿著三本筆記本跟三張照片，遞給了我。

「這些說不定可以成為寫小說的素材。」

媽媽桑這樣說。

我不是那種會將別人強迫推銷的題材寫成小說的人，本想當下就把東西退還回去（關於那三張照片的奇妙之處我已經寫入了前言），不過我被那幾張照片吸引，於是決定暫時保管筆記本，向媽媽桑說回程會再來造訪她，問她認不認識住在某某町某某番地、在女子大學當老師的某某某。果不其然，新住戶彼此真的認識，媽媽桑說那位朋友時常會來咖啡廳裡坐，家就住這附近。

當天晚上，雖然只有喝點小酒，我與朋友舉杯對飲，留宿他家。但我一整晚沒有闔眼，徹夜耽讀那幾本筆記本。

手記中所記述的雖然是過去的事，但無疑是現代人會有興趣一讀的內容。與其讓我畫蛇添足搞砸這部作品，我感覺不如就直接委託哪家出版社幫忙出版，要來得更有意義。

帶給孩子們的伴手禮海產只有乾貨而已。我背上後背包向朋友告辭後，再度來到那間咖啡廳。

「昨天謝謝妳了，話說回來……」

我隨即單刀直入地說，

「那幾本筆記本可不可以暫時借給我一陣子？」

「沒問題，請。」

「這人還活著嗎？」

「這我就不曉得了。十年前左右，裝有這幾本筆記本跟照片的包裹被寄到我京橋的店裡，寄信的肯定是阿葉，可是包裹上完全沒有阿葉的名字跟住址。空襲時，這些東西跟其他東西混在一起，但卻不可思議地保存了下來，前一陣子我才第一次把內容給從頭到尾讀完……」

「妳有哭嗎？」

「沒有，與其說是想哭……沒救了，人呀，搞到那種地步，就已經沒救了。」

「在那之後已經過了十年，說不定他已經往生了。這應該是他想向妳道謝，才寄過來的。內容或許有些誇大之處，不過感覺妳也受害不淺呢。如果筆記本中的內容屬實，而我也是這人的朋友的話，應該也會把他帶到精神病院去。」

「都是那個人的爸爸不好。」

媽媽桑若無其事地這麼說。

「我們所認識的阿葉，是一個非常坦率、很懂得察言觀色的人，要是他不喝酒的話……不，就算他喝酒……依舊也是個像神明一般的好孩子。」

山崎富榮

1919 年 9 月 24 日～ 1948 年 6 月 13 日

美容師、作家，同時也是太宰治的情婦之一。

生於東京府東京市本鄉區，為家中次女。其父山崎晴弘為日本首間美容學校創辦人。她在父親的栽培下接受美容技術的菁英教育長大。自女校畢業後，在基督教女青年會（YWCA）學習聖經、英文、戲劇等，並曾以聽講生的身分在慶應義塾大學旁聽。

富榮曾在 1944 年與名為奧名修一的三井物產員工於結婚。但在新婚僅十天後，奧名修一隨即被派到馬尼拉，並在當地受徵召參戰而下落不明（直至 1947 年才收到戰死消息）。

1946 年，山崎富榮與嫂嫂一同在鎌倉開設美容院。後移居東京三鷹。隔年 3 月 27 日晚上，在一家烏龍麵攤上與喝著酒的太宰治相識，深受其吸引，成為太宰治的情婦。

山崎富榮在太宰治健康狀況漸趨惡化的晚年擔任祕書兼看護的工作，協助其作家活動。1948 年 6 月 13 日深夜，她與太宰治於玉川上水投水殉情，得年 28 歲。留有遺書日記《雨之玉川情死》。

雨之玉川情死（節選）

山崎富榮　著
《人間失格》編輯部　整理

我不小心愛上了。我不小心愛上老師了。

三月二十七日～十月十七日

三月二十七日

在今野先生的介紹下與您相遇，沒想到會是在一間小烏龍麵攤上。在我們的眼中看來，您果然是個特殊，嗯，是個位處特殊階層的人呢——作家之輩。原以為您就像謠傳般，是個不太尋常的作家；但一同用餐時，見您抱持著「不知道的事情就該老實說不知道」的態度，便覺您正如同您自己所說的「我是個貴族」，流露出高雅的風采。

一開始只是聽帶有些許醉意的老師暢談，但愈是反覆聽著老師說的話，就愈是感受到，在您的表情和動作之中彷彿有著對真理的呼喊。這讓我深深覺得，我們都還只是孩子。

老師說，您下定決心要成為顛覆當前道德觀的先鋒。另外，也提到了自己是個基督徒——我究竟已經遠離所謂的「煩惱」多少年了呢？如果在當時有持續學習、好好努力的話，那我將能從老師說的一番話之中學到多麼重要的事啊，這麼一想就悲傷了起來。現在聽聞老師的發言，也僅能有模糊的理解而已，這令我慚愧已。

從在千草[1]因老師的話語而落淚的那晚起，只要能和老師的思想與共，雖然當下不是這樣說的——「死亦無憾」，這便是我內心的感受。

您問我是否記得聖經裡說過哪些話，我作了如下的回答。「一句話表達得合宜，就像金蘋果放在銀盤中。」[2]「孩子們，我們的愛不應該只是口頭上的愛，必須是真實的愛，用行為證明出來！」[3]當您和報社的青年、今野先生與我談話時，我看見了熱情暢談的老師、青年嚴肅認真的模樣、堅若磐石的思想、道理，以及種種身而為人所應有的種種生存之道。總覺得，我最脆弱的部分，那個用綿絹輕輕包裹起來的部分，就像是被一把銳利的刀劃開一般。這讓我不禁淚流滿面。

戰鬥，開始！我必須做好覺悟才行。我敬愛老師。

四月三十日

才想著前不久才與您見上面，不知不覺間已過了一個月。

剛開始與您同席而坐時，因無事可做，只好一直抽著老師的菸，一不小心就抽掉為數可觀的菸量。雖然我有點在意被染黃的指尖，但還是忍不住抽個不停。

在老師的性格之中，我最能強烈感受到的是您的溫柔，以及寂寞。我也不明

① 位於東京三鷹的小料理亭。太宰治從一九四七年七月起將其二樓當作工作場所。
② 出自聖經，〈箴言〉第廿五章十一節。
③ 出自聖經，〈約翰一書〉第三章十八節。

白原因。

「你禁食的時候，要梳頭洗臉，不要讓別人看出你是在禁食。[4]每個人都是有痛苦的。哦，禁食是要和微笑一同實行的。至少再努力個十年，到時再來真的生氣吧。我不也還沒創造出任何一件事物嗎？」

五月一日

「現代的年輕人甚至不能單純以朋友的身分和異性一起玩耍，也不知道如何獲得幸福。」——這是約莫兩週前的事吧，我與老師以及自他的故鄉津輕上東京來的年輕親戚兩人見面時，老師所說的話。記憶中那是個微寒的夜晚，正好是在返回借住處的路上。您挑選領帶的品味出乎意料地老派（藏青色底上有著骰子般的花樣），讓我在稍微重新端詳您的臉龐後，恣意嘗試想像了各式各樣的事。

只要不討厭對方，所謂的愛情，是一種會隨著時間的推移，自然而然地浸透全身的東西吧。

我應該是受到老師那種打破常規（非貶義）的性格影響了吧。

就算看起來像是個風流男子，老師還是有許多很好的地方的。

我喜歡您！

在鰻魚料理店與龜井老師見面[5]。和早川先生一起。我有次在深夜搭省線[6]的時候，曾看到過早川先生。也曾看過龜井老師所撰寫《島崎藤村》一書的照片，所以任何他的樣子。聽他們在討論評論家以及作家的一章原稿價值多少錢之類的……，人果然都要混口飯吃才能活下去呢。與會中聽聞沙特這位作家的名字，還有岡本加乃子[7]所著的的《生生流轉》這本書，「她是個很不錯的人吧」，我

④ 出自聖經，〈馬太福音〉第六章十七、十八節。
⑤ 日本文學評論家龜井勝一郎。
⑥ 在一九二〇年至一九四九年間，用來指稱相當於現代「JR線」的鐵路。
⑦ 日本女作家，代表作有《老妓抄》等。

被如此介紹道。啤酒斟滿了大大的玻璃杯，威士忌中加入了氣泡水。

「他呀，喝酒喝到快睡死在路邊的程度就會開始打噴嚏。那可不是感冒啊，妳可要好好記住喔。」

多麼溫暖的氣氛。我送他們離開。

五月三日

「伊豆的地平線看起來恰巧是觸及我乳尖的高度。」

第一次見到您時，我聽到了這句話。在後來也聽到了數次。這讓我想起了加乃子所寫的「懷抱乳房，便覺徒然生為女身之恥與悲」。

我覺得老師是位詩人。誰叫老師的作品總讓我有如詩般的感受呢。但每當見到老師您，卻又像是看到一位背負著十字架的人。人生的丑角。這是最困難的角色。

就像被迫去衝撞那些無法用言語表現的真實事物、真實煩惱一般；如果我能理解老師的任何一項痛苦、能聽老師訴說的話……我不禁這麼想著。

老師太狡猾了
親吻彷彿濃烈的花香
嘴唇渴求著嘴唇
呼吸深吸著呼吸
如蜂為尋蜜而探花
緊緊抱擁後留下的是　淚
只有女人　才知道的
驚喜　與歡愉
愛戀　與羞恥
老師太狡猾了

老師太狡猾了

令人難忘的五月三日

＊　＊　＊

「要不要試著談一場冒死的戀愛？」

「冒死的戀愛？其實我們光是如此就已經不對了吧……」

「但妳想要對吧？離開妳的先生吧，妳喜歡的是我吧。」

「是的，我喜歡你。但我一想到老師妻子的立場，就會很痛苦。不過如果要談戀愛，我也想談場冒死的戀愛……」

「就是這樣沒錯吧！」

「你不能對你的妻子和孩子不負責任呀。」

「我有負責任的，沒關係的。我們家那一口子可是很堅強的。」

「老師你謊、話、連、篇……」

I love you with all in my heart but I can't do it.

到處都沒有啤酒，我將我的罐裝啤酒放進竹簍裡，漫不經意地進入思想犯的單人牢房，和他共飲。

五月三日，新憲法頒布的那天，月亮有著一種朦朧感。老師一如往常駝著背。雨後的街道像是要把人的腳吸住不放。我壓抑下想說話的聲音，沿堤防蜿蜒而行

除了一顆泰莎之心[8]，現在的我別無所有。

「真拿妳沒轍。」

「我雖然沒流淚，但卻哭了喔。」

⑧ 應出自於法國劇作家 Jean Giraudoux 所創作的劇本《Tessa, la nymphe au cœur fidèle》（泰莎，忠實之心女神）。

「要不就這麼死了算了吧？」

「我們就一輩子這樣吧。」

「真拿妳沒轍。」

被老師的雙臂擁抱的同時，我的心，也貫穿老師的胸口直射了過去——雖然一切都莫可奈何。如果能一直這麼幸福、一直這麼幸福就好了。

我無法忘記——每當一回想，我的心又會再次下墜。心……

啊啊，明明是為人父的人，明明是為人丈夫的人——「我喜歡妳！」

老師，對不起。

五月四日

我搞不懂老師的心。

我怎麼搞得懂！

笨蛋。怎麼搞得懂！

腦袋變得一片混沌，不停空轉。

女人，就是這個樣子。我已經達到飽和狀態了。

到底該怎麼辦才好？感覺自己又想擦去這一切，又想攪和在這一片渾水之中。

喂，你！幫幫我吧。我醉不了都是你的錯。令人作嘔！嗯哼，太愚蠢了，消失吧，快給我消失吧。喂，富榮，醒醒，不要摘路邊的花給我。不行，我已經受夠了。

五月五日

太宰治，某個人的先生。我畫的圖裡，像的只有他的鼻子。戀愛。眼鏡的鏡架壞了。

在這清澈的月夜。

五月十日

人類活著是為了戀愛。

古田老師[9]、敏子、老師和我四人睡在一起。古田老師的手肘壓在我的側腹上，但我還是呼嚕呼嚕地睡著了。

大約一點睡著，三點左右醒來。畢竟是別人家，所以還是睡不太好。儘管是以一種在山間小屋過夜的輕率心情借宿，但說實話，其實相當有壓迫感。儘管我是信任這些人的——

就連大名鼎鼎的太宰先生也安穩地打呼。讓人喘不過氣來的壓迫感，和想笑的感覺只有毫釐之差。那個夜晚讓我感受到內心的悸動。

——什麼事都沒發生，早晨就在什麼事都沒發生的情況下降臨。

千草的下一站是櫻井家宅邸[10]。

櫻井是一位年約三十四、五歲的女畫家。無趣且頹廢。是個講話沒有重點，看起來很疲憊的人。但因為是跟太宰治老師一起，她顯得心情非常好。

在工作室裡又被野原先生逼著喝了三合的清酒，簡直昏昏欲睡。只有感覺是明確的。

老師開始裝睡了。

「女丑角真是可愛啊，好想抱著妳睡覺哪——」

⑨ 古田晁，日本出版人，筑摩書房創辦人與第一代社長。

⑩ 日本女畫家櫻井濱江的宅邸。

「聽說居禮夫人也有位情人。」

這裡有個如白菊般，溫和又善良的女孩。雖然她的妝濃了點。

「要靈巧如蛇，馴良如鴿。」[11]

五月十七日

我無法帶給老師的痛苦絲毫救贖，想到這點我就淚水盈眶。而我也無法在老師的身邊照顧他，只能流淚。我只能相信，並等待，伴隨著痛苦的眼淚。

請不要擔心您的病，好好活下來。我也曾經很在意八卦占卜說我只能活到今年或明年，但我到現在還是活得很好。我的每一天，也都是對抗死亡的鬥爭。但不管何時會死，我都相信自己是幸福的。要說為什麼的話——這是因為我能夠愛上太宰先生的緣故。身為女人，我現在很幸福。

五月十九日

我不小心愛上了。我不小心愛上老師了。

我該如何是好呢？無法見到您的日子，便覺得不幸。但對於您的病情，我也莫可奈何，實在很可悲。每當想見老師的時候，我就會到外頭走動，在店外瞄幾眼之後才回去。身為女人，實在太可悲了。

聽說六月時有個女人想致老師於死地。老師會先我一步離去，這種事情我完全不想相信。不，我怎麼能相信這麼荒謬的事情呢？

當您與疾病奮戰、接受妻子的照顧時，您可曾會想起我呢？算上今天已經過了兩天。明天是否能見得到您呢？

⑪ 出自馬太福音十章十六節。

五月二十一日

我原本就已做好要在與您分開前把自己交給您的覺悟。性方面的問題，是需要謹慎處理，且與社會生活的層面交織在一起的；但您應該也知道，我是非常認真看待這件事。

能從至高無上的人那邊，被賦予身為女人最高的喜悅，我感到很幸福。

Going my way. 前進吧，順從我等的道路、順勢而為吧。順其自然吧。不管何時會與您分開，我都不會感到後悔。但如果可以，我仍不住地冀望能一輩子與您共度餘生。

七月九日

兩個悲傷的人在千草過夜。

「太宰先生並不會為了我而死，這點我明白的。」

「但我會為了妳活著的。真的喔。」

「這樣我更痛苦。」

「我比較痛苦喔。原本覺得如果說了妳又會哭，所以才不說的。但沒有人能繼承我的文筆，這讓我很悲傷。」

「太可惜了，如果讓太宰先生死了，就實在太可惜了。」

「阿節妳是女太宰呢，所以我才會喜歡妳。」

我的綽號好像有點多。

女太宰。椿屋的小佐[12]。慌慌張張小佐。鼴鼠。東光。

七月十日

⑫ 太宰治短篇小說《維榮之妻》中的女主角名字。

「只有太宰先生可以理解我之所以想死的理由。」

「這是我愛妳的證據。」

您說道，捏了我一下。

「所謂的愛，還真痛呢。」

您笑著說。我是最幸福的人。我很慶幸自己活過這麼一遭。

七月十四日

「有時想到兒子帶病這件事，我會疼惜得不能自已。像這種時候，我就會覺得：啊，乾脆跟孩子一起死掉算了。因為沒有人能懂得我的痛苦。」

「一想到像太宰先生這樣的人，住在那種房子裡，而且身體還是這種狀態——我就覺得您一定正在受苦。」

「我從來沒對任何人說過這種事呢。總覺得妳像是我的血親一樣。」
「是呀，有時我也覺得您就像是我的兄長呢。」
「為了不讓妳死掉，我也有想過，要在妳想死的時候給妳喝些麵粉糊什麼的。妳說過自己會先死吧？一想到我會被留下來，就覺得太痛苦了。這太殘忍了。如果妳擅自先死的話，我可是會踢開妳的屍體的喔。——欸，一起死吧。我這麼地相信妳。」

* * *

我知道孩子比父母先死，是很不孝的事。但我遇見了一位在男人之中，完全沒有人能出其右的人。雖然我不知道父親您能否理解就是了。正是因為太宰先生活著，我也才有了活著的意義。但那個人將會死去。因為那個人愛著日本、愛著人，也愛著藝術。希望您們能體諒，一個為人父之人，必須得留下孩子去自殺的悲傷。我也是一想到父母的晚年，就覺得悲傷不已。

但是，孩子總有一天必須離開父母，人也總有一天會死去。

一直以來，我讓您們操了許多、許多的心。孩子和父母親的緣分太少，這讓我不由得覺得遺憾。

父親，請原諒我吧。富榮沒有除此之外的生存方式了。如果太宰先生是您的兒子的話，父親一定也會喜歡他喜歡得不得了的。

請讓我在黃泉之下庇佑您們的晚年。

我喜歡的是身為凡人的津島修治。[13]

我最喜歡的、弱小的、溫柔的、寂寞的神明。

十月三十日～十二月十日

十一月十五日

斜陽的兄長來了。

從永井先生的信件找來的。

他看起來一副不知道該怎麼辦的樣子。

太宰先生一副「還好他直接回去了」，鬆了一口氣的樣子。

⑬ 譯註：山崎富榮首次寫下遺書，但並未發送出去。

證明[14]

太田治子
這是我可愛的孩子
為父的會一直以妳為榮
祈禱妳好好長大。

昭和二十二年十一月十二日
太宰　治

十一月十六日

伊馬先生、野原先生來了。

發生了很多事情。

我哭了。哭到臉都腫了。

我哭了。心實在太痛了。

「小佐，妳很難受吧。」

我痛苦著、悲傷著，彷彿身體被卸成一塊塊剝奪到了某處遠方。

我痛苦著、悲傷著，彷彿五感被一個個剝奪到了某處遠方。我真的、真的很努力告訴自己不要哭、不要哭了。為了不讓眼淚掉下來，我試著擦了桌子、站起身，試著打開針線活，其實我希望就這樣靜悄悄地，大家都不要管我。

（注・這邊有四行被塗掉了）

而且他還對我說了「要多保重」、「有什麼事我都會跟妳商量的」。

「修治的治，也可以讀作『haru』呢。你覺得『治子』這個名字怎麼樣？」

⑭ 太宰治先前的情人太田靜子於十一月十二日產下一名女兒，這天太田靜子的弟弟前來三鷹，請太宰治為新生兒命名及寫下認定書，此即為認定書的內容。

「小佐，妳覺得怎麼樣？」

在斜陽的兄長前面說了「不要」，我很抱歉；但那個時候，我其實痛苦得什麼都講不出來。您明明連自己的孩子，都沒有給過名字裡的一個字。

那是斜陽的孩子，不是津島修治的孩子啊。您說那不過是跟沒有愛的人生的孩子。我覺得還好是個女孩。如果是男孩的話，我就會想到正樹[15]有多可憐，讓我有多擔心。

（注・這邊有三行被塗掉了）

「這只是形式上的事而已啊。我不是還留了一個修字給妳嗎？別哭啦。我不是修治，是阿修才對。別哭啦。」

「不要，我不要，取什麼名字的，我不要。我連一根頭髮都不想給。明明這都是我拼上性命也要珍惜的寶物。」

「但我很開心，聽到妳為我這麼想。抱歉哪，我搞錯了。如果是斜陽的孩子應該取名陽子也可以的。太晚遇見妳了啊。如果當初能早點遇見妳，不用去什麼伊豆的就好了。這樣我也就不用那麼痛苦了。如果能早一天遇見妳該有多好啊——」

「欸，不要再哭了。我比妳還痛苦十倍啊。我會好好疼妳的嘛。做為補償，我會更疼、更疼妳的，對不起嘛。」

我知道如果我哭了，你一定也會跟著哭的。但就算知道該叫自己不要哭，在我這個女人的心中，還是有另一顆女人的心忍不住湧出淚水來。

還是哭了，很抱歉。

「我們兩個可以成為一對好戀人的吧。死的時候也要一起喔。帶我一起走吧。」

「我想要妳幫我生個孩子——」

「修治，我們去死吧。」（注・這邊兩行被塗掉了）

⑮ 太宰治與美知子的長子，患有唐氏症。

「我想生個孩子。」

「我果然被你打敗了。」

（其實我才不想寫什麼被打敗了，修治，這是你叫我寫的。我悔恨得幾乎想死，滿腹淚水。但是，為了你，然後為了跟你在一起──）

請救贖我。請開導我。

主若肯，必能叫我潔淨了。[16] 我肯，你潔淨了吧。[17]

──有件事要跟斜陽的女子說，

「妳的書簡集寫得很好。」

十一月十七日

太田武先生來訪。

（注・此處貼著以「小志」為題的太宰治隨筆新聞剪報與富榮的快照。照片遠景拍進了一位身著帽子大衣，應該是太宰治的男子身影。旁邊寫著「太宰先生有時候是這種形象呢。唉呀，難道這是……」）

「天國好像人撒好種在田裡，及至人睡覺的時候，有仇敵來，將稗子撒在麥子裡就走了。到長苗吐穗的時候，稗子也顯出來。田主的僕人來告訴他說：『主啊，你不是撒好種在田裡嗎？從那裡來的稗子呢？』主人說：『這是仇敵作的。』僕人說：『你要我們去薅出來嗎？』主人說：『不必，恐怕薅稗子，連麥子也拔出來。容這兩樣一齊長，等著收割．當收割的時候，我要對收割的人說：先將稗子薅出來，捆成捆，留著燒；惟有麥子要收在倉裡。』」

——馬太福音（十三章）二十四～三十節

「——那個女人後來怎麼樣了？」

⑯．⑰ 路加福音五章十二節。
路加福音五章十三節。

「——那個女人，就在那天死在帝國飯店了。」

（註：昭和五年）

（注・昭和五年十一月二十八日晚上，太宰治在鐮倉腰越小動崎吞下常用的安眠藥，被送到七里濱的惠風園療養所。）[18]

十一月十七日

我最喜歡的、
弱小、溫柔、寂寞的神明。
是你教會我在這世上生命的意義。
下次也請教導我吧。
就算沒能像你一樣在世間留名也無妨。
只要能在神姿庇蔭之下，留下像你的心一樣美麗的東西……

十一月十八日

中午。

「——小佐，『蕾貝卡』[19]會很痛苦的吧？」

「小佐，那個孩子是太宰先生的孩子啊！」

「——不，那個孩子是斜陽的孩子。」

「我就跟你夫人一樣，討厭你跟斜陽那個人碰面。如果再見她，我就去死。」

「我發誓不會再見她，打勾勾。

這輩子都不會再見她了。」

十八日晚上。

⑱ 太宰治與當時的情人田部市目子殉情。

⑲ 應出自希區考克電影《蝴蝶夢》（英語：Rebecca），蕾貝卡是故事中的前女主人。

我給修治看了我寫的東西。

贏了，是我們贏了，他這樣說道。

「這是愛的問題，我對她（說著，比出了小指）一點愛也沒有啊。」

十一月二十日

父親大人、母親大人，您們還好嗎？知道您們的病已經快好了，所以寫了這封信。

一直想著要趁天氣還暖的時候去一趟近江，但每天忙著忙著，就好一陣子沒向您們問候了。我已經歸還奧名家的戶籍，目前還在辦手續中。沒有一併附上謄本所以才比較慢。雖然是老調重彈了，但從十二月九日舉行婚禮以來，到二十一日前我都是奧名富榮。那天起到今天的這四年間，從本鄉受災[20]—到鄉下落腳—鎌倉—三鷹町，我也輾轉到了不少地方。沒有給奧名家或山崎家帶來什麼額外的麻煩，姑且活到了現在。

葬禮也已經順利結束，在房間裡靜下來回顧過往時，便覺得感慨至深。這段期間，武田先生和飯田先生一起來看過我。提到擔心您們的病情，和我再婚的事（雖然沒有特別明說）。關於這件事，我想在近期內去拜訪他們，如同今日在信中所寫的一樣，向他們申明我的決心，所以想在這之前先跟父親大人、母親大人商量——希望您們無論如何都能接受我的請求，因此寫了這封信。

雖然信件有點長，但還請您們務必讀完，拜託了。

希望您們能接受已經長大成人的女兒認真的請求。也希望您們能理解我是很冷靜地寫下這封信的。

沒錯——父親大人來東京的時候，總是會笑著談論他的。我現在正在和那位老師交往。我一直敬愛著他。

⑳ 山崎富榮的老家東京市本鄉區。一九四五年東京大轟炸後，山崎家所經營的美容院被燒毀，她和雙親被疏散到滋賀縣。

他歷經了許多大苦大難才活到現在，所以對人的痛苦、悲傷或是喜悅都懷抱著慈悲之心，也深受周遭的人們敬愛。

即使時常去找他玩，他也一次都未曾說過什麼男女之間的話題，我也一如既往，抱著那個頑皮女孩的心態和他往來。

在淡淡的交往中，我並不知道他是什麼樣的家世背景、有著什麼樣的家庭。也沒想過要知道。

從旁詢問了朋友告訴我的各式各樣事情之後，我才漸漸知道，原來世界上還有心那麼美的人存在，這令我感到欣喜。就算無法成為他身邊的那個人，至少，在偶爾受到邀請時能坐在他身邊、受他疼愛也很好，我當時是這麼想的。而且即使如此，我也沒有停下我的工作。老師也深愛著自己的工作，總是在確實完成工作後，才會找那些對文學、思想以及政治評論時感興趣的朋友，加上我一起去玩。

我一直都很開心能受到邀請，這能補足我貧乏的知識。

老師的名字叫做津島修治，筆名叫做太宰治。

津島先生的父親已經駕鶴西歸了，不過他的名字是源右衛門先生，曾經擔任貴族院議員。他的兄長現在則擔任青森縣知事。

津島先生畢業於弘前高中和東大法文系，年紀說來和已經去世的小年一樣大。

某次在醫院裡，小輝對我說了這樣的話：

「因為我要住院了，所以沒辦法陪在妳身邊，如果有什麼難過的事情要來跟我說唷。」一到現在我還是言猶在耳。

如果小輝在的話，就能讓父親大人順利接受我的請求也說不定，我有這種感覺。因為父親大人和母親大人最喜歡小輝了。而且小輝一直非常疼愛我，對我來說小輝有時感覺像父母一樣，有時也像姊姊一樣令我懷念嚮往。

父親大人，您想為什麼富榮要寫小輝的事情，避談真正的事情呢？這是因為我很害怕父親大人和母親大人生氣嗎？不是的，我只是想說聲「對不起」，然後將我的請求完完整整地寫出來，希望您們能理解隱藏在我們心中的寶物。

還請不要從我這裡拿走這個寶物。津島先生頭腦清晰、個性豐富，在日本作家之列中擁有最高地位，被視為文壇領袖，是個非常優秀的人。雖然我對他性格中沉鬱、溫柔的印象感受特別強烈，但套句朋友的話來說，他「非常具有貴族氣息，既開朗，又是個天才」。

雖然津島先生和我的年紀有十歲之差，但我們總會感到彼此之間有種血濃於水的情感，所以還請父親大人跟母親大人不用擔心。

我到明年就滿三十歲了，經歷過受災以及各種世上的苦難，我已經有一定的眼光，也做好擁有成年人生活的打算；也正是這樣，才能做好跟老師交往的準備。

就算不會像那些受人景仰的女性們在世間留名，我也無妨。

我想被教會我藝術的生命的人深愛著，然後在死前留下如那個人所擁有的東西一般美好的東西。

如果父親大人能夠先放下眼前的打算來思考的話，一定也會跟我有一樣的想法的吧。

我們並沒有因為一時興起的關係而陷入墮落的生活之中。

我們並不是在不知不覺中發展至此的，而是彷彿自然而然地被賦予了宿命，才會愛上彼此。

津島先生非常信任我，會跟我說作品外的重要事情，也會跟我商量許多事。

能相互信任，豈不是一件很可貴的事嗎？

我們都儘可能不要傷害到對方的家庭，隨時惦記著要抱持負責任的態度生活。

我們會是現在這種關係，並不是因為津島先生是個壞男人，也不是因為我是個壞女人。

懷抱著相同夢想的兩個人，好不容易終於在同一條路上相遇，這難道不是一件可能發生的事嗎？雖然，這也不是能被社會全盤接受的事情。

理髮店那裡的工作也是出於我的私人問題，以及用電等等的問題才推辭掉的。

津島先生說我可以自由做自己想做的工作，不過我還是負責協助他的工作，以及接待客人，每天都忙得不得了，所以一直到十一月才終於把家裡安頓下來。目前的工作完全足以支撐我們的生活，還請不用擔心。

雖然寄了這樣的信給您們，但我對父親大人的景仰之心，以及對母親大人的思念之情，絲毫未減。

如果我真的變成了一個壞女人的話，就不會寫下這種痛苦的信了，而是會乾脆一走了之吧。

我希望能觸動人們溫暖的心。

我很羨慕以前那些生在能受到寬恕的時代，即使是這種事也無傷大雅的人們。

富榮十分清楚，讀到我這樣的請求，對父親大人和母親大人來說一定是非常難受的事情。

我這顆飛躍的心實在是太不尋常了，或許會讓您們很難接受吧。但如果能獲得您們的諒解，我真的會感到很幸福。

我希望自己做為津島先生的情人，能慎重且出色地成長。

衷心祈禱父親大人的回應，不會讓我陷入愁雲慘霧之中。

十一月二十日

富榮拜

父親大人

母親大人

附言

冬天的寒風已經吹到您們那了。還請保重身體。我每天心裡一邊浮現著您們讀信的樣子，一邊等待著您們的回應。關於這件事，還請放心讓我自己處理吧。

戀愛是快樂的，愛戀是痛苦的。

十二月十一日～二月二十二日

十二月十一日

我這樣的生活，對他來說是喜悅，對我來說是慰藉。我倆的心結合在一起是很自然的，但我倆的生活卻是不自然的。我是想結婚的。

如果我們倆人是在十年前就相遇的話，就不會被別人說閒話，也不用讓身邊的人們哭泣，這該會有多幸福啊。

不管是世人的阿諛也好，鄙視也好，我其實都像唾手可得般一清二楚，不管是見到誰都毫無樂趣可言。

不過，身為從老師身上初次學會何謂「戀愛」的女人，我想成為裝飾老師悲寂一生晚年的拱門上的菊花，自豪地活下去。

能讓我打從心底感到幸福的時刻只有一個。那個時刻十分短暫。我相信著這樣的時刻。如果能擁有這樣的時刻，再苦的生活我都能忍。那就是能夠做為他的戀人，與他一同動身前往我們等待、期待已久的永恆旅程的那一刻。

我並不是個對誰都好的仙女。

十一月九日早上，

母親來到東京，講著

義理與人情、

父母與孩子、

父與母、

母與女、

父與女、

女兒與父母、

愛、

馬耳東風。

如果我的幸福，是如同你們所想的一般的話，

我就不會談這一場傷神勞心的戀愛了。

我想活得充實、短暫而率直。

十二月三十日

買金團[21]時，

老闆說「算妳這樣就好」，賣我七十日圓。吃了一驚。

㉑ 日本傳統和菓子的一種，會用在春節料理中。

島木健作[22]**《獨活的女人》**[23]

小說家時常被美麗且真實的事物吸引，並總是想盡辦法在世上尋找這樣的東西。

有些作家看起來像是在發掘底層之下的醜惡事物，並以將其公諸於世為業。不過事實上，這些人不過是想充分利用世界上最美麗的東西罷了。

那些可憐、悲慘、哀傷、弱小之物，並不僅僅是基於這些理由才能刺激我身為作家的慾望。從這些可憐、悲慘中所能發現的美麗與真實，才是令我覺得無與倫比之處。看看那些不想輸而掙扎著成長的力量，是多麼地令人動容啊。

一個必須獨自生活的女人，無論其生活形式為何，都絕對不能以一般定義的幸福稱之。就算在物質上不虞匱乏、在旁人的眼中看起來是幸福，這樣的幸福和一般世人所說的幸福，有著全然不同的性質。尤其是當你試著深入那個人的內心，就會發現裡頭有著與滿足充實的狀態相差甚遠、非常寒峻的東西。這個社會並不會給予這個最為弱小之物同情，而是會不時報以白眼。世間是絕不會坦率地單純給予讚嘆的。只會莫名地加以鄙視。

但如果能夠傲然面對這些白眼與鄙視而活著，所看見及所感覺到的東西都將不同以往。

在她試圖自行逃脫孤獨一人的狀態、令人近乎同情的焦躁姿態之中，以及和獨自生活的空虛感搏鬥的過程中，她的人性受到損害、逐漸負傷，傷痛得不能自已。

在現今的社會中，這種悲劇性的存在只會日益增加。在獨自生活的女人之中，不只有時時受到周遭勢力壓迫，而被逼著自己過活

㉒ 日本小說家，轉向文學的代表作家之一。

㉓ 出自島木健作（一九五〇），島木健作全集，第十四卷（東京，創元社）。

的女人，也有不少擁有強大而正確的目標、熱切追求當今社會中女性真實生活，因無法和他人妥協而選擇獨活的女人。

在她們的性格中，有某個部分是扭曲的。

也有不少人會癡迷醉心於知識性或抽象的事物。

一個獨活的女人，一個孤獨的生活者，並沒有可以愛的對象。也沒有一個能隨時獲得擁抱的人。但孤獨之人難道就不能去愛嗎？不，正因為是孤獨之人，才能愛得最強烈、最深刻吧。然而，為了在孤獨之下經營深切的愛情生活，她們必須提升和擴展追求所愛對象的領域，超越普通的忙碌生活者才行。一個獨活女人的生活，就是一場著眼於此、持續不懈的戰鬥。

昨日的生活會活在今日的生活之中，今日的生活之中又會孕育出明日的生活。生活的基準點始終在於今日。

試著回過頭看，回顧某一天的生活，就會自覺到：那正是為了今日的生活而存在，且不得不說一切都並非枉然。

「獨活的女人」必須珍惜，並愛著自己的獨活

一月十日

今早，修治咳了大量的血痰。

身體也瘦得不像話。

我說他的身體這樣不行，他則說沒關係的，反正時間也所剩不多了。我要和他一起……。

這天，龜島先生前來探望。

在修治獨自待著，意識即將變得朦朧時，太田靜子託人拿來了一封信。

「妳看看。」他說著，將信也給我看

「這封信是到目前為止寫得最差的一封呢。」我說著。

「沒錯，最差的。太自戀了。還以為斜陽的和子是在寫她呢。真是煩人啊。」

「我們一起想辦法做點什麼吧。」

修治突然哭了起來，

「小佐，拜託，信賴我吧。」

「修治，我會一直在你身邊的。」

「請不要一個人痛苦，不管是喜悅，還是痛苦，我都想和你一起。」

「妳覺得我是個好人嗎？」

「我一直都這麼相信喔。相信這點而活著的喔。」

「但大家都覺得我……我……」

「修治，別哭了……不能哭。我會連你母親的份一起守護你的。」

「嗯嗯，守著我，守著我吧。一直陪在我身邊吧。」

修治實在太可憐、太可憐了，為什麼大家都不願意更加珍惜他呢？

神啊，即使要拿我的命去換也沒關係。還請救救修治。為了那個人的幸福，我什麼事情都願意做。求求祢，求求祢。神啊——

一月十二日

「我真的快死了。」

……

……

直治[24]說過呢，「我要清醒著離開人世」，我說。「我要清醒著離開人世……

我不要讓妳哭泣。」修治說。

我其實一點都不害怕死亡。

只是，這就可惜了身為作家的太宰先生的文筆了。為此我希望您能活得愈久

㉔ 太宰治小說《斜陽》中的主角，他的遺書中寫道：「我要清醒著離開人世。」

愈好。

為了那些讀了您的作品之後能打起精神、好好活下去的無數人們，希望您能繼續活下去。

「在我的晚年，能遇見妳很幸福。」

為了您說過的這樣一句話，我原本也希望您能更加、更加地開心的。

用只有我感到幸福的方式死去，非常抱歉。

二月二十二日～六月十三日

二月二十九日

因為修治夫人的妹妹病危，所以我們跟宇留田先生三人一起去了東京。在新宿和宇留田先生暫別後，我們倆人在御茶水站下了車，一起走到帝大醫院前才分開，並約好三十分鐘後在正門附近碰面。

我一邊漫步，一邊讀著在車上時借來的神西清先生關於《斜陽》的作品。我在正門旁邊的咖啡廳喝了杯咖啡，算準時間後步出咖啡廳。正好修治也剛從醫院裡走出來，我們就搭乘都電到豐島老師的家中拜訪。修治身體不太舒服，看起來很難受的樣子，我心裡想著得讓他休息，盤算著時機才剛開口，古田先生便來了電話。過了一會後，我們就和古田先生到神田去了。

正好這天是週日，也是SEREINE的休息日，但我們還是上到二樓開始喝酒。當天我留宿了一晚，隔天早上七點和夫人一起去了澡堂。回去的路上講到了《斜陽》的事情，我不經意地說了句：「斜陽那個人，選了和我不一樣的路。」夫人像是發覺了什麼，回到住宿處後問我道：「小佐妳和太宰先生之間，應該沒什麼吧？」

「怎麼可能沒什麼。」

這樣的對話讓氣氛瞬間全變了，夫人立刻陷入憂鬱之中，為我感到可憐，眼眶盈滿了淚水。

「我不懂現在的年輕人在想什麼」她說。

這天，古田先生不偏不倚地點燃了我們的導火線，我向他嚴正抗議。修治看起來一臉悲傷，我也落下淚來，古田先生一副垂頭喪氣的樣子，夫人則益發地拋出她的苦惱；所謂的愛情，真是太苦澀了。

為了能完全了解彼此，

我們打從心底開誠布公，把一切都講開了。

昨晚，雖然修治說了「大家都回去吧，我要留下來過夜」；但收到來自太太的囑咐，因為得回去顧家，必須打道回府。

他披上外套，走到外頭。我們倆人對望，寂寞地笑了——。

我和野平先生一起將他送到住處附近。

今天修治看起來有種難以形容的疲態。我只能祈禱，接下來的日子可以一如往常。

三月九日

一早，古田先生來電。

「是夫人嗎？」

「我是小佐。」

被問到「是夫人嗎」時，我怎麼有可能回答「是」呢。

熱海出乎意料地溫暖，氣候跟東京相差無幾，令我感到失望。

25

他說伊豆那位想過來這裡把事情講明，這讓我感到脊椎發涼，身體失去力氣且開始微微顫抖；但他也說了，必須要見上一面說清楚才行，因為我同意了這項提議才會引發事端。昨晚（八日晚上）我們兩人都難以成眠，徹夜談話到天明。我們都太為彼此著想了，有時才會發生這種情況。

前面寫過，伊豆的地平線恰好是觸及乳尖的高度；不過在這裡看到的地平線，約莫與視線同高。

今天太宰先生也很累的樣子，將近半天都昏昏沉沉。

三月十二日

在雨霧之中眺望著山頂美景。

昨晚我惡寒發燒，一時難以入眠。我也讓修治蓋上被爐保暖發汗，幫他換上睡衣，更換熱水袋。今早稍微沒那麼冷，人也舒服點了，還好還好。雖然我有近視，但硬是沒戴上眼鏡，眼睛的疲勞似乎轉移到頭和肩膀，有時眼睛還會刺痛到無法睜開。

㉕ 三月七日，山崎富榮偕同太宰治與其友人等五人至熱海旅行。

*

戀愛是快樂的，
愛戀是痛苦的。

光靠激情，遠不能算是真正的戀愛，還得加上理性才行……。
經驗無法成為我們的嚮導。從經驗中尋求堅定的信心，再也沒有什麼比這還要傻了。
頭痛漸漸消失，我為自己能應付感到開心。
有時我會覺得就像一開始一樣，無話可聊，身體似乎要逐漸凍結起來。
白天他總是對我好，當他責備了我幾句之後，必定會再說幾句安慰的話。

三月二十七日

我們夫妻倆第一次相遇以來的一週年紀念日。

（鞋子弄丟了）

三月二十八日

天氣極好，大海一片平靜，令人舒爽。

《人間失格》到第二手記為止已經完稿。這是部好作品。

*

*　　*

前略，敬請見諒。

太宰先生不在家時（為了工作上的進展，他當時正在閉關中）收到了您的來信，抱歉晚回覆您了。暫且藉由所附的「剪報集」告知您太宰先生的狀況。

敬具

太宰代理

太田小姐

三月二十八日

三月三十一日投遞

（剪報集）

○有時陷入咳血而命垂一線的狀態，有時又看似有精神地喝著私釀燒酒。見到不同的人，他就有不同的樣子，自從完成《斜陽》以來，太宰治的狀況可以說是岌岌可危。

○實際上，好像不管怎麼說都有道理。雖然夫人的視線總是在他身上，但也不可能在他病情穩定下來、隨即就想去工作室時攔住他；然而一旦去了工作場所，不靠酒精就無法讓他的構想浮現，這豈不是種不可阻擋的原罪嗎？

○前幾天，太宰治為了紀念織田作之助的一週年忌日，和坂口安吾、林芙美子等人一同前往銀座的結緣之地「鼓」[26]，排除萬難出席，向這位偉大故人致上敬意。現場不管哪位都是不分秋色的文壇豪傑，場面浩大。

——剪報集（讀賣新聞）

㉖ 織田作之助、坂口安吾及林芙美子皆為當時的知名小說家。

治「等穩定下來之後，我再送妳一個小禮物吧——」

我「心裡砰、砰、砰地跳……」

＊
＊　＊

五月二十二日

「我前些日子在千草喝醉了，就不小心跟老闆娘說了，抱歉。」

「說什麼？」

「抱歉，因為我太痛苦了啊……。我說了有個女人愛著我。」

「……」

他們的關係是在大約三年前，從讀者來信開始的。對方不久前開始相親，來了信說自己即將被迫成婚，所以希望能在三十日與他碰面。（這個日子是太宰先生決定的）……老闆娘聽了之後告訴他，「山崎小姐就住在旁邊，這樣子實在很不好；但如果是私底下，只碰個一次面應該沒關係吧。」他還說了「如果有需要的話我可能會住在這喔」，跟老闆娘這麼約好了。

「我在妳這裡住了兩天，想了很多事情，但還是覺得我跟妳在一起最好——我是這麼想的。真是對妳很抱歉。吶，因為約好什麼都可以跟妳說我才講的，抱歉嘛。」

是我之前聽說過的那個事件（女人的事）的那位井原小姐（還是伊原小姐？），她年方二十六，從女子大學畢業，是位美女。身材纖細，似乎是位個性溫和而完美無暇的人。

她家住在阿佐谷，是位大小姐。

他跟唐璜[27]有那麼點像呢。可憐的日本浪漫小說家。

「我講過我已經有女人了，她還說了想和我一起赴死；但她不覺得這是問題，還問說，所以是那位美髮師嗎？好像知道很多妳的事。」

「……」

「那個女人之前每次見到我，都馬上就哭。」

「……」

「所以我才說了不是嗎？妳一定要隨時都待在我身邊，不能離開我才行……。為什麼我老是這樣被女人喜歡上呢！因為我正好就給人這樣的感覺吧，既沒有什麼堅持，又很善於控制場面——也有人說我這個人，總是在小說裡把自己描寫成愁眉苦臉的男人，但根本很狡猾。」

——那個人講得太超過了……。

因為他說了「要不要試著跟我談場冒死的戀愛？我會負起責任的」，我才拋兄弟、棄父母不顧，走在這狹窄的世道上。正因為我們彼此感受到的是一種超乎情愛、稱得上近乎兄妹血緣聯繫的關係，才會相互吐露心聲，修治也才會在我面前毫不掩飾本性，我是這麼想的。

「我說這話不是自命不凡，但妳心裡確實想的也是非我不可吧。」

「是呢，從自己的嘴裡說出來有點奇怪就是了——」

「是吧。雖然妳已經先說過了，但我們倆人就像是被紅線綁在一起，妳是我最後一個女人了。相信我吧，我們死的時候也要在一起喔。」他這麼說道。

昨晚，我寫好了打算自殺的信。我一邊哭著，一邊在心裡告訴自己這是最後了，幫他換上了新的睡衣。

修治嚴重盜汗，「是位大美女呢……比我家那口子……臂力更好呢。……大隅先生，你已經在進行了嗎？嗯嗯？大概兩個月吧……那麼晚發電報來我很困擾啊……」他喃喃說著夢話，但在我聽來就像是囈語般。是位大美女？說這什麼呢。

㉗ 西班牙民間傳說中的知名人物，以英俊風流著稱，也被作為「情聖」的代名詞。

我哭了。不管是〈Good-Bye〉、他的病、他身邊圍繞的女性們，我必須在這些事物相伴下活著才行。這都是為了守護這個可憐之人，我不禁這麼想。

——萬一他最後和那位女子大學的大小姐（她父親是醫生）在一起的話——當然，她是個徹頭徹尾的資產階級，既有美貌（據修治說，她的手腳玲瓏小巧，身材纖細有緻，時常吸引路人回頭張望）、又有學問，還會說法語，也總是穿得很時髦——

「如果能和那樣的女人一起生活到最後的話，對你來說應該是最幸福的吧……」

「不，我不知道她會不會成為最後一個。」

「這樣是不行的。如果你離開我之後，還是一個接著一個地換女人的話，你有沒有想過，當你的孩子長大結婚的時候，到底會變成什麼情況？你的朋友們也會變得不再相信你了吧。」

「所以，我不是都已經事先告訴妳了嗎？不要離開我，守著我呀。我有時候真的很沒有用，我希望妳能說要一輩子待在我身邊。讓小佐妳當我最後一個女人，是為了我自己著想——」

……我雖然想寫下來，但他說的盡是些寫不得的話。

在我之前跟他交往的女大生。然後是伊豆那位。

然後是我。然後又回到女大生的信。

不管想得再怎麼多，就如同修治所說的，就算他是一時方便才利用我，能夠讓他卸下心防、敞開心胸的也就只有我而已。伊豆那位不過是她「主動投懷送抱」，根本沒有愛情可言；他也沒有向女大生說過他跟伊豆那位有孩子的事情。就只有我而已。

修治，女人都希望自己是男人最後的女人……。真是彼此互搧耳光，心有不甘啊——

我們倆人之間，從一開始就沒有所謂的和解或爭吵。我是你的「乳母阿竹」[28]，是富榮，是姐姐，也是「小佐」。我絕不會離開，我也是有尊嚴的。

今天的梅雨也下得十分悲傷，且寂寞。

跟他說了「我原本想去死」之後，被嚴厲斥責了。「怎麼能讓妳一個人去死！要就一起死。」

五月二十四日

修治是個軟弱的人。我現在已經不知道所謂的「溫柔」，真正的意思到底是什麼了。會苦惱於文學，是因為被賦予了才能的緣故；對於沒有那麼多才能的我，對於女人的事情——你最終還是會回歸到對太太無能為力的哀傷之中吧——然後受到更深重的苦惱折磨。會喝酒，也是因為心裡想剪斷這種恐怖的連鎖吧。我會超越各種心中的定見，守護你所說的「信賴」，我想將「別離開我，守著我——」這句話刻在心頭，用盡生命去守護。為了不論為貽笑大方的人，我會讓你相信這段被紅線相繫的愛情的。我不但深深相信，還會追隨你到任何地方。你也要緊緊與我相依，待在我的身邊。

五月二十五日

從昨天中午開始，我就食不下嚥。連一點食慾都沒有。就算想做什麼事，也會覺得很煩，彷彿眼淚隨時都要湧出眼眶。有人說，我的容貌，在來到三鷹，和修治開始交往之後就完全變了。

婚姻是一門學問。

㉘ 應指日本戰國時代女性領主井伊直虎的乳母（奶媽）阿竹。

情人的身份把上天所隱瞞的事全都教給了女人。
缺乏自由意志的女人，連半點犧牲自己的資格都沒有。
極具操守的女人，或許也有自己所不知道的卑猥之處。
婚姻就是得和掌有一切的怪物不斷戰鬥下去。那個怪物就是習慣。

六月十三日

在此寫下遺書
修治將會帶我一同離去
各位
再見了
父親大人
母親大人

一直以來都讓您們辛苦了
對不起
還請保重身體，好好相處
剩下的事情就拜託了
我受到前面千草料理亭和野川先生諸多照顧
還請找他們商量我的身後事吧
請安靜、低調地弔唁我
夫人對不起

修治因為肺結核導致左胸第二次積水，當時他痛到受不了才說的，說他已經撐不下去了。

是大家一起殺死他的。

我總是在為他哭泣。

豐島老師[29]是我最尊敬愛戴的人。

野平先生、石井先生、龜島先生，太宰先生家裡的事就拜託你們了。園子對不起。

父親大人

前面轉角的洋裁店，放了一反[30]黑色不二絹。我想應該完全還沒動過，就請直接退貨吧。

對面河岸的超市（董）販酒店，還有我去年八月的薪水（還沒給）約三千日圓。還請去跟他們拿。

洗臉盆我有拜託車站前的「MARUMI」處理，還請去找他們。

哥哥

對不起

剩下的就拜託你了
對不起

㉙ 豐島與志雄，日本小說家、翻譯家、法國文學研究家兼兒童文學家。也是太宰治的好友。
㉚ 日本布料單位。

遺書

用只有我感到幸福的方式死去，非常抱歉。如果可以和奧名一起生活得更久、培養我們的感情的話，我也不知道是否就不會發展成這樣的結果。我一直都想恢復舊姓山崎再死去……但我真正的願望是能夠被葬在太宰先生身旁，雖然我也知道這僅僅是我自私的期盼。初次見到太宰先生的時候，他還和其他兩三位朋友在一起；但聽他說話時，我感到自己心中有股怦然被觸動了。我感受到了超乎和奧名之間的愛情。我也想過他是位已有家室的人，但既然生為一個女人，我也想做為一個女人而死。如果去到另一個世界和太宰先生的雙親碰面，我一定會讓他們相信我的。我愛他、很愛他，一定會讓他們看到修治過得幸福的。

原本還想再多活個一、兩年，但妻子必須追隨丈夫的腳步到任何一個地方。我所擔心的只有父母親會傷心和他們的晚年。

（注：此遺書押上的日期為昭和二十二年八月二十九日。）

致鶴卷夫婦[31] 太宰與富榮聯名之遺書

長久以來，感謝你們的諸多好意與親切對待。我不會忘記的。我父親也受你們關照了。感謝你們夫妻倆放下生意，為我們盡了許多心。錢我託給石井了。

太宰　治

不管大家是哭是笑、知道了什麼事，希望兩位能一直好好保重，身後事就拜託您們了，我也只能向您們拜託了。雖然之後，您們可能會看到很多來自各方的人，但還請保持平常心應對即可。

之前向您們借來的和服，還沒有下水洗過。還請原諒我，跟和服放在一起的藥，是用來治療胸腔疾病的，是太宰先生從石井先生那要來的，還請拿去用吧。

㉛ 鶴卷幸之助・增田静江夫妻為料理亭「千草」之經營者。

如果我的父母從鄉下來到東京的話，就拜託您們告知了。請原諒我擅作主張的請求。

昭和二十三年六月十三日

富榮

附言

重要的東西我都放在房間裡了。叔叔和阿姨請打開之後和野川先生商量，還請暫時讓我寄放。然後，請幫我（用加急電報）通知父親、姐姐，還有朋友們。

父　滋賀縣神崎郡八日市町二四四

山崎晴弘

姐　神奈川縣鎌倉市長谷通二五六

MA SOIR 美容院

山崎蔦

太宰治 愛與死年表

	1909年 誕生	1923年 14歲	1925年 16歲	1927年 18歲
生平事紀	六月十九日，誕生於青森縣北津輕郡金木村。本名津島修治。	三月四日，擔任貴族院議員的父親因肺癌病逝。 四月，進入縣立青森中學校就讀，開始寄宿生活。		進入弘前高等學校就讀。
創作經歷與活動		好讀芥川龍之介、菊池寬、志賀直哉、室生犀星等人作品。從三哥圭治從東京帶回的同人誌《世紀》中讀到井伏鱒二[1]的〈幽閉〉一作，大為興奮。	三月，於青森中學校《校友會誌》發表生平第一篇小說〈最後的太閣〉。 八月，與同學創辦同人誌《星座》，僅發行一期就停刊。 十二月，與同好創辦同人誌《蜃氣樓》，擔任編輯兼發行人。	因芥川龍之介自殺而受到極大衝擊。
私生活				開始出入青森的花街，並與當地的藝妓紅子（小山初代）相識。

1928年	19歲	十二月，加入校內的新聞雜誌社。該新聞雜誌社成為校內左翼份子的據點。	五月，創辦同人誌《細胞文藝》。以辻島眾二為筆名發表小說〈無限奈落〉。作品受無產階級文學影響。九月，《細胞文義》停刊。停刊前獲得井伏鱒二、舟橋聖一等小說家的投稿。	
1929年	20歲		發表帶有無產階級文學色彩的作品〈地主一代〉。以小菅銀吉、大藤雄太等筆名發表創作與評論。	疑似煩惱本身階級問題，服安眠藥自殺未遂[2]。
1930年	21歲	一月，新聞雜誌社被舉報為校內左翼份子而解散。 因憧憬法國文學，而進入東京帝國大學文學部法文學科就讀。 十一月十九日，因有意與藝妓結婚及參與左翼運動，遭家族除籍。	以小說家為志願，師事井伏鱒二。	十月，唆使小山初代與他私奔到東京。 十一月二十八日，與相識僅數日的咖啡廳女侍田邊淳美（本名田部市目子）於鎌倉小動崎海邊服安眠藥殉情。田邊淳美死亡，太宰治獲救。 十二月，與小山初代舉行非正式的婚禮。
1931年	22歲			二月，與小山初代同居。

❶ 日本小說家。曾獲直木獎、讀賣文學獎等文學大獎，代表作品有《山椒魚》等。

❷ 也有一說是津島家為了讓太宰治躲避對左翼份子的緝捕，而對外宣稱他自殺未遂。

年份	生平事紀	創作經歷與活動	私生活
1932年 23歲	在大哥津島文治的幫助下脫離左翼活動。		
1933年 24歲		二月，於《Sunday東奧》發表短篇作品〈列車〉，首度使用太宰治做為筆名。	
1934年 25歲		十二月，與檀一雄、山岸外史、木山捷平、中原中也、津村信夫等人創辦文藝雜誌《青花》，僅發行創刊號就停刊。	
1935年 26歲	九月，遭到東大開除。	於《文藝》二月號發表〈逆行〉，獲選為第一屆芥川獎候選作品。 於同人誌《日本浪漫派》五月號所發表〈道化之華〉，受到佐藤春夫[3]極高評價。後師事於佐藤春夫。 八月十日，第一屆芥川獎宣布由石川達三的《蒼氓》獲獎，太宰治的〈逆行〉落選。太宰治為此與評審委員川端康成筆戰。	三月，參加都新聞社入社考試落榜，在鎌倉上吊自殺未遂。
1936年 27歲		六月二十五日，首本單行本《晚年》出版。	十月十三日，為治療藥物成癮入住武藏野醫院。

年份	年齡			
1937年	28歲		六月，第二本作品集《虛構的彷徨 Das Gemeine》出版。	三月，得知小山初代與親戚小館善四郎有染。攜小山初代殉情自殺未遂。 六月，與小山初代分手。
1938年	29歲	九月十八日，與石原美知子相親認識。 十一月六日，與石原美知子訂下婚約。	專心執筆長篇小說《火之鳥》，但未能完成。	
1939年	30歲	一月八日，於井伏鱒二宅邸與石原美知子舉行結婚典禮，移居甲府。 九月一日，移居東京府北多摩郡三鷹町。	短篇小說．隨筆〈富嶽百景〉發表於《文體》二月號、三月號。 短篇小說〈女生徒〉發表於《文學界》四月號。該作以女讀者寄來的日記做為素材。 短篇小說〈葉櫻與魔笛〉發表於《若草》六月號。該作以美知子母親的經歷做為素材。	
1940年	31歲		短篇小說〈跑吧，美樂斯〉發表於《新潮》五月號。	

❸ 近代日本詩人、作家。與谷崎潤一郎、芥川龍之介同為大正時期知名作家。曾到台灣旅遊，寫下〈霧社〉等作品。

年份	生平事紀	創作經歷與活動	私生活
1941年 32歲	六月七日，長女園子誕生。	二月，開始執筆長篇小說《新哈姆雷特》，該作為《哈姆雷特》的翻案作品。於五月完成。	收到女讀者太田靜子傾訴仰慕之情的來信。 九月，太田靜子初訪位於東京三鷹的太宰治宅邸。 十二月十五日，與太田靜子發生不倫戀。
1942年 33歲		以美知子為原型的短篇作品〈十二月八日〉發表於《婦人公論》二月號。	
1944年 35歲	八月十日，長男正樹誕生。	十一月十五日，小說《津輕》出版。	因工作前往熱海，歸途中與太田靜子再次相會。
1945年 36歲	四月二日，三鷹受到空襲[4]。被疏散到甲府美知子娘家。七月，石原家遭受轟炸全毀。與美知子一同返回津輕老家。	十月二十五日，短篇小說集《御伽草紙》出版。	
1946年 37歲	六月，長子正樹罹患急性肺炎，一度徘徊生死間。十一月十四日，與美知子一同回到三鷹自家。	開始構思以沒落貴族為主題的小說《斜陽》，並與《新潮》約定好連載事宜。	

1947年 38歲	1948年 歿
三月三十日，次女里子（津島佑子）誕生。 四月十二日，大哥津島文治就任青森縣知事。 十一月十二日，與情人太田靜子間的孩子太田治子誕生。	六月十九日，遺體於玉川上水下游尋獲。享年三十八歲。
一月，太田靜子到訪太宰治三鷹的工作場所。太宰治要求其提供日記做為小說題材。 二月底，開始執筆中篇小說《斜陽》。短篇小說〈維榮之妻〉於《展望》三月號發表。 六月底，《斜陽》完稿。後連載於《新潮》七月號到十月號。 十二月十五日，《斜陽》單行本發行，成為暢銷之作。太宰治躍升流行作家。	三月七日，動身前往熱海，開始執筆《人間失格》。 五月十二日，《人間失格》完稿。
二月二十一日，到神奈川縣下曾我與太田靜子相會，在該地停留一週。太田靜子將日記提供給太宰治，成為《斜陽》一作的素材。 三月二十七日，與山崎富榮相識。 五月三日，與山崎富榮開啟不倫戀。 五月二十四日，太田靜子為了腹中孩子與其弟一同前去拜訪太宰治，與山崎富榮正面衝突。 十一月十五日，太田靜子之弟前往三鷹宅邸請求太宰治為新生兒命名，山崎富榮為此大受打擊。	六月十三日，與情人山崎富榮於玉川上水投水殉情。

※因版面限制，僅列出代表性作品。

❹ 第二次世界大戰末期，美軍在東京進行數次大規模轟炸，史稱「東京大空襲」。

人間失格

獨家收錄山崎富榮遺書日記《雨之玉川情死》，一窺你所不知道的太宰治

にんげんしっかく

作　　者　太宰治
譯　　者　李佳霖（人間失格）、《人間失格》編輯部（雨之玉川情死）
執行編輯　顏妤安
行銷企劃　高芸珮
封面設計　陳文德
版面構成　呂明蓁
發 行 人　王榮文
出版發行　遠流出版事業股份有限公司
地　　址　臺北市南昌路 2 段 81 號 6 樓
客服電話　02-2392-6899
傳　　真　02-2392-6658
郵　　撥　0189456-1
著作權顧問　蕭雄淋律師
2019 年 11 月 15 日　初版一刷
定價　新台幣 250 元

ISBN　978-957-32-8643-1
遠流博識網　http://www.ylib.com
E-mail：ylib@ylib.com
（如有缺頁或破損，請寄回更換）

No longer Human (Ningen Shikkaku)
By Osamu Dazai
Complex Chinese edition published in Taiwan by Yuan-Liou Publishing Co., Ltd.

圖書館出版品預行編目 (CIP) 資料

人間失格 / 太宰治著 ; 李佳霖譯 . -- 初版 . -- 臺北市 : 遠流 , 2019.11
面 ;　公分
譯自 : にんげんしっかく
ISBN 978-957-32-8643-1(平裝)

861.57　　108014515